晨晖诗集

# 城市的风是屋顶的过客

晨晖 著

南方出版社·海口

# 我更喜欢芳华褪尽的你（序）

孙昌建

于 2023 年 2 月 8 日开始写这篇文章，为什么开头我就要记下这个日子呢？因为我们刚刚度过了一段毕生难忘的日子，这样的经历理应写成诗，但我们都知道，且我要强调：写诗难，写诗评更难，写好诗好评更是难上加难。

这样的开头，有点先做自我防守的意思，即明明是一件不可为的事情，我却硬要为之，若我没有写好，似乎有借口推卸了。

幸运的是，我遇上了晨晖的这部诗集，这于我是一种恢复，我觉得读诗犹如呼吸，让心情平静如一杯茶，沸腾过后已然沉淀。

评论晨晖的这部诗集，刚开始的确令我有点为难，因为评论或者小序一类的文字，应该以肯定和赞美为主，至少要找出特点或特色，兼而附带找出一点问题，但我时常会对某些"问题"更感兴趣，从而一叶障目不见森林，因为森林里有好多条路，而我们每一个人都执迷于自己熟悉的那一条，所以读他人的诗，实际上是在找另一

I

条路。四十岁之后，我常怀自省之心，在阅读和写作时总是提醒自己要严以律己，宽以待诗。

从内容上定位，晨晖的这部诗集基本上是以行走为主的，一半以上的诗作在书写异地的风景，可以说这就是一部行走的风景。我们知道，写作可以不讲学历，但写作必须要有阅历，这个阅有两重含义：一是阅读书籍的阅，二是阅读人生世事的阅，即万卷书和万里路的关系，这里就包括了行走，包括了走马观花，包括了一日千里，因此这样的诗句是我喜欢的——

> 在大海边我不是孤单的游客
>
> 浪涛簇拥着山岩
>
> 陪伴我
>
> 立在露宿的灯光下
>
> 这片夜色里的海域
>
> 让我领略众星编织下的大海
>
> 达观辽阔和深邃

晨晖较大一部分的诗作，以写江南水乡为主，走走看看，边走边咏，这大约是诗人的基本功，因为古今中外的诗人皆是这么做的。我也注意到，这些诗作的写作时间基本是这三五年，受客观因素的影响，远走高飞有一定的困难和限制，选择近处的江南古镇等地的行走比较现实一点。但是江南的古镇和风景，总让人有大同小异之感，或者说那些古镇大多也是仿制型的，而诗最怕仿制，更怕大同小异，大同小异意味着缺少独特的发现。

也有的诗作，亦是行走之诗，且与历史、现实都很契合，在炼字造句方面做得也比较好，如这一首《古津渡口》的第一段——


> 古船，劈开历史的巨浪
>
> 归来停泊在都市的
>
> 码头。我沿着
>
> 近代修复
>
> 拟制出海归来的渔夫
>
> 商人、游客来往的港口
>
> 候船的亭子雕像


我信奉杜甫所说的语不惊人死不休，但这不等于二十行诗每一行都要惊人。当我们谈论诗歌的个性以及诗人的个性时，有一个问题是值得讨论的：如果把写诗比作唱歌，那我们到底要合唱还是要独唱，抑或到底要独唱多一点还是合唱多一点？

我的观点是要独唱，且要有自己独特的唱法，流行或民谣风，美声或爵士风，那也只是一种分类法，总之要有一点自己的特色。

写诗切忌人云亦云，如果说"云"还是一种表达的话，那在云之上还有"宇宙""星辰",这还是一个人看待世界的观点及方式方法。同时我也认为,不是不可以加入合唱,因为合唱也有多声部合唱,但是合唱也不要只唱一首颂歌,它也可以是愤怒的、批判的,甚至是讽喻的。

可喜的是,晨晖的诗歌有着多种潜质,相比于行走类诗作,我更喜欢她写的与家乡有关的相关作品。在晨晖的诗作中,故乡也好,乡村也好,都是一个符号,也是一种情结,更是一种与世界对话的方式,所以它既具象又抽象,在表达上也很节制,如《秋分》《大雪覆盖的村庄》等,我特别喜欢《秋分》的第一节——

秋分,把这天截成两半

一半是暖,一半是寒

我从中间

穿越,地球在银河系

翻了个身,秋天的颜色更浓了

风推开植物的大门

注意"地球在银河系翻了个身",这个格局和气魄很大,但用在这里丝毫不违和。

诗人对时节的敏感,并不是说一定要写大,大有大的气势,小有小的美好。我不知道晨晖的酒量如何，这里有数首以酒为名的诗，一首叫《菊花酒》，一首叫《桂花酒》。以花入酒，以酒入诗，可能是自古以来的传统，戏谑地说喝着花酒写诗，佯醉三分，如李清照的"争渡争渡，惊起一滩鸥鹭"。这样"沉醉不知归路"的诗，即使如小令，也是相当难写的，因为我们常常被词语所裹挟，在此引《桂花酒》一首，供人小酌，与人共赏，虽然这首诗谈不上完美，但能让人感受到，诗人已入了独乐乐不如众乐乐的境界——

桂花在一夜间忽然成熟

采花的人多少年啦

用祖传的秘籍

酿成我口中的美酒


在寒冷的黄昏融入夜色

我行走在运河畔

与有点

醉意的广场舞者一起

陶醉在音乐和桂花酿的酒香里


写诗就是这样，需要半醒半醉。同样值得注意的有《在醉巷》《游太白楼》等，后一首我更为喜欢，因为写李白太难了，晨晖写出了自己的特点。还有《在我的身体里暗含着凝香》也写到了酒。

晨晖的可贵之处在于对乡土和时节的书写，不仅有描摹、重现以及怀旧，还有着反思。唯有反思，形象和思辨才可能融为一体，如《我想和故乡一起还原》的第一节——

站在时光的背后，让它倒退

退到青年、退到童年

退到老家的庭院

在一点点修复

倒塌的柱子从废墟里站起来

栋梁横在屋顶上，荒草回到泥土里

诗中出现的"修复"一词，后来成了另一首诗的标题《修复》——

给我修复时光的神力，在梦里

把父辈的庭院一点点地修复

墙壁、断砖，从废墟里

站起来，栋梁复原到屋顶上

杂草退回泥土里

我极力推荐这两句："栋梁横在屋顶上 / 荒草回到泥土里。"

这两首诗明显有着思考的力量，在我看来，"修复"一词是解读晨晖诗歌的一个关键词，通过诗歌修复"我"和故乡的关系，治愈内心的伤痕。依然有无可奈何，因为"乡村小学在推土机的轰鸣中消失"，这样的事实是再也无法修复的。

这也可以解释为什么人们要写诗，为什么晨晖要写她的故乡。

前面讲到晨晖诗作的内容，以行走观光为主，兼有故乡之思，这只是一种内容上的概括。从表达方式来说，晨晖的诗还是比较明快、适合朗诵的，即绝大多数人是能读懂和听懂的，这是极好的。人们有时会说内容决定形式，而形式又反制了内容，这话用在晨晖的作品中也是可以约略一说的。我认为行走和乡思，都可以用散文来表达，而且我也相信晨晖的散文是写得很好的。然先写诗而后攻散文者，诗不太会像散文；而先写散文后攻诗，诗往往会带有散文的风格。我说的散文风格还是有点模糊，我的意思是说，不是分行就是诗了。诗和散文是有很多异同点的，我认为写诗要尽可能地往里面收，多多留白，不要把话都说尽，尤其在句和句、段和段之间，不应是平面的铺叙，而应层层递进、步步紧逼、环环相扣，但是又不能面面俱到，像写说明文似的。那些带有散文化倾向的诗作，如果能忍痛割爱，剪除一些枝枝权权，比如在二十行中删掉十行，那保留下来的，有可能就是诗了，我说的还是有可能。

我这样说，只是一点小感觉，或者说是一种提醒，并不是说晨晖的诗有散文化倾向。以我自身的体会来说，控制、收敛比奔放、挥洒要难，而对此的把控也是因人而异、因诗而异的，所以有时越是短小的诗，其诗意反而越浓郁，像《雪停了》这一类诗，有时二十行之外，就不太好控制了。

相比较而言，晨晖书写大海的诗作更为精彩一些，这可能跟作者自小生活在海边有关系。大海之于水乡，格局和气象自然是不一样的，这也为诗人展示自己提供了更大的空间。可以说大海是诗人的一道加分题。至少，写大海的诗作，其水准相对比较整齐。注意，整齐是个中性词。设想一下，在一望无垠的大海，有一条大鱼突然蹿出海面，在天空划出一道弧光，多么令人惊喜，而晨晖便制造了这样的惊喜，如《小渔夫初次下海去捕鱼——给李紫来》，简直是一首另类的诗；在这部诗集中还有一首《下棋——给冯歆瑶》也有这个味道。或许小渔夫有某个童话故事的原型，但这样的题材以及表达，让我想起普希金的《渔夫和金鱼的故事》。在我看来，晨晖写出这样的诗，意味着她有多种可能性，此诗虽偶尔为之，仍实属难得——


小渔夫初次下海去捕鱼

第一网拉上来的是

亮光光的海水

小渔夫不灰心，再次撒下网

第二网拉上来的是

泡沫、塑料破烂和鞋子

"天啊！这些垃圾怎么啦！"

小渔夫嘀咕着，

"怎么都钻进我的网里？"


第三网拉上来的是海藻

小渔夫心里连说：

"晦气，晦气！"

正要随手扔到海里


"别急，别急！"

海藻说：

"还有小鱼、小虾

躲在我的怀里。"


"嘻嘻嘻……"

小渔夫看着抖在鱼篓里的小鱼、小虾

喜滋滋地说：

"网不到大鱼，小鱼、小虾也可以。"

最后我想引用晨晖的一句诗"我更喜欢芳华褪尽的你"来结束此篇文章。咬文嚼字地说，芳华褪尽的诗还有哪些呢？这个我并不知道，但我想说，同样写芳华，在褪尽之后和之前肯定有很大的不同，诗人要写的便是这份不同，最起码要像小渔夫那样："网不到大鱼，小鱼、小虾也可以。"

小渔夫的心态，值得我们学习。

# 目　录

**第二辑 秋天的蓝把天空抬得很高**

**第三辑　山岩上的抒情曲**

**第四辑　我的世界五彩缤纷**

## 第六辑　数字火炬手

## 后记

第一辑

# 在我的血液里流淌的故乡

# 金色的稻田

金黄的稻穗展现在辽阔的田野

在我温柔的注视中

像你挨我挤的新媳妇

圆滚滚的腹部

漂亮的弧线

隆起,想着落地时的喜悦


又有点羞涩地

垂下了头颅

沉甸甸地压弯了支撑它的秆子

宛如向美丽的秋天

鞠躬、致谢

引起麻雀鼓腹的欲念


它的双爪抓紧承受有限的稻秆

晃荡着娇小的身姿

选准谷粒,用尖嘴啄断粘连的部分

叼着获取的果实

趁瞅我一眼的时机吞下腹腔


接着"嗖"的一声，飞走了

停在另一个稻秆寻找下一个目标

我在万顷辽阔

黄灿灿，起伏的波浪中发现

摇晃的稻穗，无意拒绝

麻雀的亲近，吞食它那饱满的颗粒。

2020-8-5

# 在我的血液里流淌的故乡

乡村，在我的血液里流淌的故乡
泥土弥漫生殖和养育的幽香
天空纯蓝得让光阴
静止在童年

纵横的田埂交错在水稻田中央
盐碱地与植被茂密的旷野
诗情画意的
存在
与亘古的小河
源远流长，有着密切的关联

鸡鸭、牛羊与乡民
乡村的共同部分
在我深入方言
深入刚谙世事的记忆
让离家的游子深怀乡愁而涕零

2018-12-27

# 秋分

秋分，把这天截成两半

一半是暖，一半是寒

我从中间

穿越，地球在银河系

翻了个身，秋天的颜色更浓了

风推开植物的大门


田野，果林融入

我的视线，红的，绚烂、热烈

黄的，喧哗、嚣张

大地收走，春风卯足劲

献出的心意

在枝头呈现着丰韵的硕果。

2019-9-19

# 大雪覆盖的村庄

大地确定要度过

最寒冷的日子，凌迟的寒风

收容了一切绿意

带着雪子

让我承受鞭子刮骨的严寒


草在寒瑟中变黄

变枯，仍然依恋着泥土

失去活力的

枝秆，把腰弯至尘埃


大雪覆盖的村庄

醒在黎明、醒在袅袅

炊烟，升腾的那刻

雾气在阳光中

走散，找不到回归的路

鸟在雪地啁啾、跳跃

让整个冬天，凋零的万物

看似静止，其实有动感的埋伏

一切都在蠢蠢欲动

都有了脱胎换骨的生机！

2019-12-7

# 我想和故乡一起还原

站在时光的背后，让它倒退
退到青年、退到童年
退到老家的庭院
在一点点修复
倒塌的柱子从废墟里站起来
栋梁横在屋顶上，荒草回到泥土里

我像一粒种子在母亲的腹部
拱出土壤在院子里
与小猫咪、小鸭子胡搅
蛮缠做游戏，偶然瞧一下
父亲坐在石墩上搓麻绳
闲暇时，抽一支烟
陷入沉思；母亲坐在小矮凳上
穿针做刺绣
身边的老花猫像位哲人眯眼打盹

忘了小麻雀

跳跃在院子晒谷场的边缘伺候时机

偷吃谷粒；热晕的蝉儿

栖在梧桐树，没想把呼出的鸣叫

重新收集在腹腔

倒退的时光，修复的庭院安静祥和

我捉住穿梭的红蜻蜓和故乡一起还原！

2020－7－11—2023－4－17

# 童谣

在我体内洪荒的境界

虚拟一位美丽的妇人，复活的母亲

摇着蒲扇

坐在院子的榕树下

小矮凳紧挨移动的小竹床

头顶的繁星点缀黑压压的夜空


她轻拍我卧在凉席

幼小的脊梁

哼着乡村古老的童谣

长腔短调

漫无边际，忧伤又神奇


她讲的天鹅，让我召集云朵到天庭

和七仙女携手轻歌曼舞

她讲的小龙女，让我潜入海底

参加美人鱼的婚礼

她讲的农夫捡到田螺

养在水缸里，走出貌美心善的姑娘

给农夫烧饭、做菜

她讲的果园依山傍水

有条小溪穿越

唤醒林子，欢快地歌唱

她讲的蜜蜂，呢喃在花丛

忙着采蜜，嫁接秋天的果实

虚拟的境界里，母亲的童谣

让我走进芝麻开门

天方夜谭；阿拉丁神灯

的幻界；长大后

母亲抑扬顿挫的音符

时常跃然在我幼年的奇妙的星空！

2023-4-17

# 乡下的古屋

乡下的古屋像上了年纪的老人

门牙松动，门扇倒塌

苔藓和瓦葱占据的屋檐

曾经是燕子的天空，乳燕长硬了翅膀

远走高飞，鸟巢

空了，在风中摇摆

和屋中张贴多年的壁画一起走失


地基塌陷在原地喊了又喊

止不住，腐朽的梁柱

陷入倾斜，脱落的墙灰

破碎的瓦片噼啪作响

惊走堂屋餐桌上，招财的虎斑猫


爷爷当年的藤椅

逗留在晒谷场的

边缘，没留住捕到麻雀后

顽童的欢笑

唯有风雨锈蚀的椅子露出

钢筋的骨架

掩在草丛，成了

狐猫和它的宝宝的安乐窝


乡下的古屋在我的记忆

在断墙残垣中

矮了一截又一截

把童年残存的乐趣

温馨和叹息，锁在凡尘深处

锁在夕阳涂抹的都市楼宇、繁茂的丛林。

2022-9-2

# 追怀

我不是背弃故乡的游子

常在梦里追怀，陈旧的庭院

秀丽的田园风光

种满庄稼的

土地围绕着小池塘

清晰地照出我的影子


红锦鱼用它的尾鳍

摇荡，投在水底的蓝天

奔走的白云

摇晃着荷花丛中

藏住年少的我坐的采莲的木盆

倒映塘底童稚的笑脸


燕子斜着身姿在小池塘边缘的

垂柳下翻飞

像纺织女工的梭子

在水稻田里来回穿梭

美妙的音符

排列在水稻田上

电线上

给阳春增添了不少的生机!

2021-2-21—2023-4-19

# 乡村小学

乡村小学在轰鸣的推土机中消失
留在记忆的幽深古刹
坍塌的院门
剥落的油漆残留江山和英雄
在庙宇门梁的上方
守护困顿、贫乏的海滨渔村

朽木断砖的四合院
木匠和渔夫四季更替利用的晒谷场
弥漫刨花的芳香，透露某家村民的喜事
占用的院子渔网补上的网眼
藏掖不住海鲜的味道

叹息漂浮的渔船上遭遇海难的渔民
无法归依的灵魂
让我目睹庙宇屋顶的青葱
和垂挂古墙上的藤蔓

经历岁月的侵蚀，列祖列宗的灵牌
和校庙并存的后院
居住逐年更换的孤寡老人

聆听咿呀学语的稚童度过余下的时光
直至我远走他方完成学业归乡
潇洒地走进消失的庙门
在钢筋混凝土耸立的新校舍
拿起粉笔教会村童
在文字的迷宫
穿梭，感恩消失的乡村小学
没让我悔恨地走过青葱似水的年华！

2019-9-1—2023-5-6

# 油菜花

这万顷的金黄从没撤出乡村
幼年的记忆，让我忽略阳光、春风
与它隔田相望的豌豆花
蜜蜂归巢般
密密麻麻地绽放于田园豆秆

我时常隐掩黄色律动的花海
从没想过要去
探究油菜花的生长期限
和追随花期
的蜜蜂与泥土的呢喃细语

忽略自然的轻风细雨
隔着柳岸的鸟鸣
一声声的欢叫
都包含着生物界
物候学一片绿叶里的童话故事

忽略野猫叫春，生物隐匿于灌木的
生存法则；忽略田垄，探头探脑的蒲公英
仰视田野上空的风筝
渴望像邻家男孩，只露出头颅
牵着线轴淹没于花丛挣脱家长的视线
恍然万物失声揭秘
我这春天欲望萌发的懵懂少年！

2021-2-2

# 落叶里的童话故事

乡村的快车道结束闭塞和蛮荒

果实收回炫耀的外衣

不经意地转换颜色

在枝头缩了又缩，退回花朵

绽放在绿荫，诱受的鸟群

收住贪嘴的欲望

引吭高歌，并非天工

造就的世外桃源，忽一日，狂风骤起

万花齐落，远道而来的蜂蝶

顺着游人旅程携带的芬芳找到了果园


隔岸、草坪、健身器械

铁栏树篱圈起的别墅

新房倒映在河里，晃荡着碧水

蓝天，游鱼清晰可数

远处的白鹭，成群结队

栖息林梢，菜园子嵌入水稻田的中央

依稀可见与河之洲家禽抒情成趣

果园并不缺少虫鸣
蝉的家族伏在绿叶丛林震动腹部
万籁齐鸣，伴着青果
点缀时令的风景，逐渐缩小在泥土
在卵核，在一场又一场
急风骤雨中，做着美梦
我的思绪，伴随季节的转换
陪同果子
殊途同归的深秋
退回夏日艳阳高照
之下煎熬，无法猜透花朵

收敛到艳丽的色彩背后，到含苞待放
到花骨朵，到退缩
果核的内部
正在春的花海一点点孕育
仿佛回复秋的回声
果园的风貌，伴着新农快速变化
在金秋十月并不萧条

而是绝处逢生

只是缺少落叶里的童话故事!

2023-1-11

# 穿越寒冬深沉的夜色

夜早已降下天幕，文豪故里

古朴的宅院

一条街，一片区域，整座城市

收起喧哗，陷入

深度的睡眠，让我忽略百草园

忽略三味书屋，忽略退隐

铜像的祥林嫂、咸亨酒店的孔乙己


忽略古镇院子台门

店铺紧闭，忽略房前屋后

街角、亭子畔

坚守岗位的铁柱子

垂挂仿古的红灯笼

守护古街狭窄的河道

遗存的乌篷船，挨挤在夜色中

守护着鲁镇的陈年旧事

只要十四度的绍兴黄酒

加上一包茴香豆足矣

只要两只手相握

十个手指相扣

抵御暗夜和寒冷足矣


街道上、小巷子里

唯有鞋底摩擦古街青石板的咔嚓声

单调却格外悦耳

并不影响你我

拐弯抹角，穿越大街，走过小巷

谈文论道，忘却俗欲

开心得似一对江湖兄弟

2021-1-19

# 塘栖的夜晚

塘栖的低调在于夜晚

万籁俱寂

整个民国风格的街道

难以捕捉脚步摩擦青石板的声音

依水的民宿挨挤

屋檐下，古典的红灯笼


酷似仕女的耳串

垂挂半墙，装饰沿河两岸

低矮的古屋灯光闪耀

星河映衬着

月亮与云丝纠葛缠绵

喝醉酒似的倾斜身姿，晃荡在河里

伴随观光摇船天马行空


美化纵横交错的河道装满月光

穿过一座座拱桥

倒映的圆洞

还原古镇初始的静怡清幽

深入其境的游者

彻底陷入忽明忽暗的玻璃世界！

2022-6-26—2023-5-7

# 在西塘奔走的风

西塘适合单枪匹马的游者
信马由缰穿梭。纵横交错的河道
错落有致的古建筑
适合江南的河风
穿大街，过小巷，体验大暑
超过四十摄氏度的高温

遮阳伞下的青石板
碎石路，无处不在的热啊
大地就是一口蒸锅
每一缕空气都能捏出一把汗
千年前的知了扎根
梧桐树，一代复一代，在高出古刹
深院的树冠，斑驳的绿荫
鸣叫；这树荫中

夏的小精灵，让大汗淋漓的肌肤
感受奇妙的人间没有一寸

阴凉的地方，路边的梧桐

每片叶子，都在发着高烧

蝉的家族声嘶力竭

在这蒸笼般的世界

渴望感受

你置身河中大篷船的凉爽


聆听船底的水声

肯定想不起，这世界除了南极

和北极，还有这

古老的西塘

——二十四座拱桥

九条河对流的空气形成的河风


在密集的古屋

拐弯抹角

绕过迷楼的那刻就停在

美人的指尖

天罗地网布满古镇的烟雨长廊

舒适，凉爽，无不适宜

好游者躲避烦躁喧嚣的避暑山庄

2022－7－30—2024－1－23

# 慢下来的时光

隐身于河流、青砖旧瓦、青石板的塘栖
让几个世纪的时光
在蝉的鸣叫声中
慢了下来

民国、民风的街道
回响着此地的
民声。我以依河而筑
把脚伸进
河畔的民房
红灯笼垂挂半边墙

不经意的思绪摸到
塘栖的祖先
耕田的老牛驮着牧童
横着短笛，沐着余晖

慢悠悠的姿态

呈现此居者的闲情逸致。

2022-8-1—2024-1-24

# 夜色覆盖下的塘栖

夜色收起白天的喧嚣
覆盖一切裸露的
花、草、树木
及密集的民国建筑

河流的交汇、错开
倒映拱形的桥洞
收纳水乡两岸
的事物

在夜色下的河道晃悠
无不显得清幽
宁静，与繁华拉开
无限的距离

成了旅人
沉思、成就大业者

寻求生活的

突破口

孤独者散心的伊甸园！

2022-8-7

# 塘栖暗夜里的静

塘栖暗夜的静似双巨大的手
关上静音键，蛙声和鸟鸣
无不衬托古镇的
清幽，安宁

游人的脚步呼吸似有氧运动
融入星光闪烁的河流
目光交汇处

就是渔夫摸到水脉
摸到鱼鳍
鱼尾，在古镇的灯光下
掀起的波澜
完全呈现江南水乡的韵味！

2022-8-27—2023-5-7

# 雨中走塘栖

雨中走塘栖

油纸伞下的女子穿着旗袍

衬托丰臀，纤细的腰姿

踩着悠闲的步伐

向我走来


伴引着走过青石板、石子路

岁月磨去的棱角

在时光滑过

映入眼帘的河道

密布，古朴不缺典雅的石桥


领我穿大街，过小巷

走过交错纵横的

古迹，聆听雨脚敲打藤蔓

沿墙根爬上庭院的屋檐

敲打油纸伞

无视坚定的脚步

走过烟雨长廊

在动情叙说民国的风土人情！

2022-8-26

# 乡愁在画里

小巷深处走出的女子

油纸伞遮着旗袍，衬托着曼妙的丰姿

散发着纯朴的风韵

哪位大师定格她清新脱俗的

青葱年华，丁香似的目光

掠过似曾相识的面容


寻找折扇里的儒生

前世坐在乌篷船头横着短笛

忘了摇橹的艄公

堵在心头的忧伤，通过笛音

演绎成浓郁的乡愁

温柔的目光

沐浴着正襟危坐的女神

微垂着下颌，爬上腮帮的潮红

荡漾着羞涩的春意

忽略了自个儿的笛音

青衫长袍连同头顶的逍遥巾

倒映在水波，轻拂谁的心窝

在她闭目深入余音时

游侠的背影


悄无声息地消失在坠落的夕阳

古运河的尽头

今生在布满乡愁的周庄

惊艳转身，她却在双桥的圆洞

画师的宣纸水墨丹青

抒写着诗情画意

互换身份的他们借着街灯的暗影

水乡的夜色和谁纠结着旷世缠绵

2018-6-22

# 月下的周庄

月下的周庄浸染着安静祥和

水做的夜色温柔地

轻抚着每一位

路过的旅人，哪世欠下的情债

在这湾泽国一次还清


无须追问你的前世

是高举武器远征的将军、士兵

无须追问我的前世

是诞生这里养在深闺的公主、侍女


哪一世的相知相恋

缺失在对方的生命里

无法绝尘的姻缘

借水乡的这一夜


月亮为媒

摇船为洞房

船娘的

走失，成就有约的人


让爱融入夜色

飘荡在小河

七拐八弯的街灯

排列在缜密的屋檐

低矮的庭院，在水设的舞台

为安闲舒适的古镇水乡站岗守夜

2015-5-24

# 宁静的小巷

宁静的小巷

游走着戴蕾丝帽的女孩

在狭窄的街道

拐弯抹角

身上的古装衬托着

现代丝绸改良的风雅


清纯的脸上

透着小小的欧式迷恋

轻盈地走过先贤的起居

养憩的庭院


走过弯曲的走廊

遮荫的藤蔓

走过通幽的曲径

斑驳的青石板，太湖石

堆砌的假山

石缝里布满寄生的苔藓

舒坦的眼神
搜索着豪宅深巷的典故
体悟一帘
烟雨的城市
浓缩着江南老城深厚的古韵。

2018－6－25

# 梦中的乡愁

走进周庄梦中的乡愁

布满全身，故乡的耕田

庭院、朱栏、画屏

青石板在记忆里

排列在脑际


月下的红灯笼、酒旗

散发着浓郁的乡愁

激活身上

思乡的细胞

唤回在时光中消失的故乡

2018－6－22

# 泽国水乡

周庄，泽国水乡在湖底沉淀
千年的乡愁
在我潜入镇志才浮出水面
先民水中求土的助手
繁衍千年的植物菰逐步
缔造这座湖泊围绕的摇城

在月色收走街市的喧哗的暗夜
我放低身姿贴着
河墙聆听
这"东方威尼斯"
在湖底如智者絮絮道出
古城的原貌

城外渔夫捕鱼
牧童骑着水牛，横着短笛
走向田角和湖畔

少女、农妇的身影

摇曳在水埠头

河里扁舟的作业从不影响

她们的神聊和手中的劳作


城内商铺林立，等售的布料、刺绣

商品和农具挨挤在摊位

诱惑贪食者的美食在整条街

散发着香味，鸡狗在丝瓜架下

闲庭信步，鸭鹅蹒跚在街道

夕阳斜照的小桥人家


我在七拐八弯的街道

拐进四合院，犹存的名门望族

沈厅的创业者

利用文字

在墙角的框框讲述

基业崛起及衰败的历程


我的目光游走在沿河的亭台楼阁

捕捉着被风雨腐蚀的砖瓦

瓦葱与墙角的青苔

彼此竞争葱茏，围城青砖的夹缝

尘土被古藤的根须占用

和花、草、树、木

悠然地交换季节，安静相守，交替轮班

2018-7-6

# 金山寺

秦淮河的水走过山径

是金山寺沉浸汪洋的那刻

在电视镜头

覆盖我的整个童年

心底涌动的是白娘子

英勇救夫的形象


被囚禁塔内的许仙

方才醒悟

素贞不惜一切代价

与法海斗智斗勇

殃及无辜的黎民百姓

这都是割不断、理还乱的姻缘


我登上塔顶

没发现当年水漫金山留下的痕迹

唯有一块碑文记载

寺院塌了重建的事情

没有记载白娘子

出塔后追得法海钻进螃蟹腹部

满世界爬行，成了和尚

干涉人与妖联姻的千古奇闻！

2020-10-27

# 在醉巷

在千年的古村落行走
迎接的是
酒坛、酒缸、酒杯子
还有端着酒碗敬请的架势
不知定格在
哪朝哪代的雕塑

在仿古的房屋间浏览
戏台，紧锣密鼓
召集散客前来
观望：耍杂的、卖艺的
演员的吆喝
不知唤醒哪个朝代的记忆

目光没有停留
脚步在"梁祝"戏台前穿过拥挤
的游人；屋前

拐弯，矗立的石碑告知

古镇曾经

的繁华与喧哗，拾级到达

茅山九霄万福宫

整个句容的锦绣江山尽收眼底

2020-10-9—2023-10-12

# 古津渡口

古船，劈开历史的巨浪
归来停泊在都市的
码头。我沿着
近代修复
拟制出海归来的渔夫
商人、游客来往的港口
候船的亭子雕像

再现古镇以往的历史
条石铺设的斜坡
留下贩夫
独轮车，搬运的痕迹
迎击着我的目光

收集当年南来北往的游轮
客船，叙述古津渡口
曾经的繁荣，在它雕像的浪头

体悟一叶扁舟

盛载渔港家愁国忧的全部史诗。

2020-10-24

第二辑

# 秋天的蓝把天空抬得很高

# 高明的指挥官

春天真是个高明的指挥官
它随意挑选的
每个成员，都是大自然
无可挑剔的歌手
不和谐的音阶也可以安然有序地
吊开嗓子

一只鸟从太阳升起到夕阳西下
单调的声音
从不间断，在我的窗台开始领唱
引起整座森林的共鸣
我用耳朵捕捉
鸟类的语言，吐出的每个歌词
多像含在嘴里的果脯

它们的余音占领
整个春天，在暖阳斜照，微风

轻抚大地铺开的新绿

让郊游的孩子，在盎然的草地上

欢呼雀跃，燕子们

张开翼翅斜着身子掠过湖面

演奏着春的交响乐曲

我在梦幻里飞向诗意的远方。

2018-4-11

# 致春天

我以大地的名义举起右手
高过头顶，目光所及
高山、平原
或低洼，每寸孕有生命的泥土
有枯萎就有新绿

原野里不只
白玉兰是独立的开花植物
它在枝头，握紧满树的小拳头
风一阵阵地向蜂蝶
透露，它与同类或与其它花朵
散发馨香的讯息

顺从一场雨的
柳树，把影子投在池塘里
荡来漾去，不妨碍燕子倒映在水中
斜着身子翻飞的姿势

替我感受春风

阳光，万物在暖意中苏醒

2018-4-5

# 找春天

到大自然里找春天

从树的枝头

开始吧！我发现它的根部

钻出嫩芽芽

一只鸟在它的周边

叫了又叫，大地的回应

让天空突然间明朗起来


河水放慢了速度

有足够的时间让一朵花从中午

绽放到黄昏，在白云

打盹的那刻，一只猫伸了伸懒腰

翻过了白天的日子


一滴雨打湿了天空

整个村庄也在嘀嘀嗒嗒

它滋润了大地

喜庆得像铺上一条新毯子

艳丽的色彩

是哪个调皮的孩子打翻彩墨罐

把大地涂鸦得五彩缤纷

2018-3-5

# 桃花源里看梨花

我的赴约是它在纯白世界的养精蓄锐

盛开时的一放千里

就像一朵花对另一朵花的迷恋

雄性恋上了花蕊

远道而来的赏花者

我始终认定是蜜蜂泄露它的花期

泄露它在花卉世界

从不喧宾夺主


它的纯静和洁白

在春天迎风而立直至受孕、结果

草地是凋谢的花瓣

最好的归宿，与我浪漫的诗缘

携手相约


我无法动用春天绝美的语言颂扬它

满园的芳香和点缀春天

风景的绮丽

让赏花的人内心滋生的爱意

如遇世外桃源

更迷恋它的纯洁和高雅


我在十里斜坡的视线之内寻找

竟然没找到

哪一株，哪个微小的花骨朵

是我曾经用肉体

凡胎的目光；在窗外触摸一世的爱恋

面对春的风情万种

面对满堤的纯白

真的不敢出声怕惊得一地落英


我在江畔行走被逆流的江水挟持

另一个我在身边

滔滔不绝，竟然想不起这是

哪朝哪代的我呀

生在浦阳，长在江畔

面对晨光

面对梨花咿呀咿呀

吊着嗓子，甩着水袖唱着《梨花颂》！

2019-4-5

# 桃花水母

这亿岁仙子静雅地安居在浦阳的

余湖淡水中

桃花盛开时轻盈地

呈现湖面，引发我的思绪无法

飘离在它漫游水中的

姿势，绽放时宛如桃花


在自然界存活几十亿年的

"极危动物"

它在全世界仅有的十一种水族部落

堪称"水中国宝"

身价同等于大熊猫、中华鲟


我庆幸与它

在《浦阳印迹》不期而遇

它在世间的稀有

宛如我将要

老去的爱情，没有千丝万缕

我想在蜂巢里倾出千军万马

春风点燃漫山遍野的三月

履行我不知哪世的初衷

约你在桃花隐藏的

陶渊明的桃花源里看梨花

看余湖将要绝迹的

桃花水母，体验漫山的清幽，话别夕阳。

2019-4-21

# 麻编鞋

浦阳的麻编鞋在展览馆里
如列历史渊源
我看到穿过它的人在
文字间若隐若现
不敢说它见过生灵涂炭
血流成河，纵横华夏三千年
见过它随周武王身披盔甲迎风雪
穿沙漠浴血奋战戈壁滩
为周武王扩张疆域屡立功勋

不敢说唐代诗人李白穿着它"读万卷书
行万里路"
见过诗人杜甫："麻鞋见天子，
衣袖露两肘。"

更不敢说明太祖朱元璋肯定穿着它
改朝换代打天下

见过它让他的皇太子朱棣兄弟

穿着它远足

锻炼皇子、皇孙吃苦耐劳


我想宋代诗人苏轼肯定穿过这麻编鞋

他在谪居黄州

三月七日，沙湖道中遇雨时

写下的诗句：

"竹杖芒鞋轻胜马，谁怕？

一蓑烟雨任平生。"足以自喻


我在"印迹""破茧"壁字前驻足

赞叹它的匪夷所思

它的同类已

捷足先登欧、亚、美、非等一百个

国家和地区

它们的足迹遍布世界各地


在我凝神沉思的片刻

这满馆大小轻巧精致的绣花麻鞋

挺过大小的

江涛洗尽沧桑从淤泥脱颖而出

漂浮在浪尖

是径游的摆渡船桥抬举它的弧度

高过波浪

在浦阳江堤留下满坡桃梨的芳香。

2019-4-20

# 游太白楼

在太白楼，仰慕已成
雕像的李白
举杯邀月的姿势
似座丰碑，屹立院前

我不敢穿越千年相约
与他斗酒、吟诗
怕在唐朝的古风中
迷失回归的方向

只想邀请
同游者，文朋诗友
把酒言欢

在虚空举起的杯子
心却在——

《将进酒》醉了

醒了，何止一个来回？

2016-10-5

# 秋天的蓝把天空抬得很高

秋天的蓝把天空抬得很高
南飞的大雁掠过的
湖面，荡漾着
斑斓的色彩
无处不在呈现季节的成熟

一片落叶寄托的思绪
让满地的鹅黄
在凉风中
舞动着枯萎的身姿

为谁触动的满怀痴情
在夕阳西下时落幕
撒下的遍地落荫
飘逸着释放
束缚后的自在稳重的魅力

2018－10－18

# 江边人家

开门，只要朝着太阳升起的方向
阳光和波澜就自然地涌进眼帘
等光阴和劳作的脚步
翻过白天
晚霞漫过山峦染红西边

江涛荡漾着月亮，大地深沉入睡
风还没睡，摇醒满树的叶子
就有暴风骤雨，风花雪月的记忆
绿色的日子并不短暂
并不经常隐藏在水汽升腾的雾霾中

江畔堤坝上密集的防护林
超浓的绿色倾倒在整条江里
衬托着渔夫摇着一叶扁舟
满载捕获的
鱼虾和立在船舷的鸬鹚而归

留下江枫和渔火

迎候暗夜的星空和独自行走的月儿

装饰江边人家甜美的梦乡！

2022-11-23

# 大明山

### 题过承祁画


大明山，我知道它的存在

在一幅画里

跟自然界里所有的山峦一样

有溪水、泥土、石头和树木


在雷同之处

找出它出名的来由

已圈在，建德

过诗人画家神笔之下的框架里


它的山峰起伏，覆盖的植被

藏着牧羊人的小屋

在大风刮来的方向

引发的林涛绝不比生猛海兽逊色

我在清幽的景色中找到繁华之下的安宁！

2022-11-23

# 山坡上的树

山坡上挺立着一棵孤独的树

经历自然的关怀和摧残

仍在自个儿的内心

优雅地撑开满树的

枝条，如巨伞

遮住它占据山体的根部


看春天的大地冒出遍地的新绿

夏天的绚丽，秋天的果实

在落叶间露出喜人的色彩

到冬天满坡的枯黄

领略自然欣荣衰败循环的规律

迎接我沿着斜坡拾级

而上的脚步，湮没在枯草中

投向它惊奇的目光


在天寒地冻的腊月

唯它以高大伟岸的姿势

独立在漫山遍野

枯败和轻盈中，仍然潇洒地

以独特的方式

在叶脉显现满树的绿

对这个坡地

道出无尽的感念与蓬勃的生机！

2022-12-7

# 冬日相伴游太湖

江南的雪未及把大地乔扮成

银装素裹，约你到太湖

体会寒风搅乱湖水

荷叶你挨我挤地细说

冬日絮语，堤岸随处可见的落叶

不断褪下枝头，在斜阳

翻动枯黄的身躯，卷起的边缘

似你我往后的岁月，身子佝偻，头发斑白


趁白昼还没收尽最后的余光

捕捉黄昏接近

暗夜的景象，湖水举着残荷

听不到闪电划破

寒冰的声音，唯见悠闲的波澜

晃荡着倒立的山峰

倾斜的堤岸

古楼屋檐下的旌旗

写着"酒"字，招呼夜游者

品赏城市弯着长龙的

灯光，无处不在

嗫嚅着南方的凋零的

韵味，巨大的寒意包围着你我


竖起大衣的领子，裹紧脖颈的围巾

在古诗词里寻找太湖

这半遮半掩的

江南女子，旗袍衬托的曼妙

在冷冬颤栗着

日渐消瘦，没有降低你我的温馨

凝眸暮色里的

萧条，想着来春

料峭中脱颖出清秀和绚烂。

2019-7-9

# 仙女湖

终于和你相约在仙女湖醒来的
黎明，我们牵手
移步换景，把自然的造物
连同湖里倒立的
风景摄入眼底，不知水是我

还是我是水，宛如步入仙境
斑鸠、百灵鸟的欢叫
唤醒了芸芸众生
唤醒了奇峰怪石
曲水通幽、沉寂的峡谷

黄叶缤纷，脱离了枝体
随手携带撑伞的
蒲公英，一起聆听
山岩上盘腿而坐的藤蔓
正在讲述《搜神记》

"毛衣女下凡"的情节


远道而来的旅人

有福了，无须担忧湖里

种类繁多的鱼群

缭乱了眼神，只需在枫叶

枯黄的世界，体会它们的


悲壮和飘零，乃至奔赴山体

化为淤泥，从容的姿态

就像鱼奔向水

仙女下凡奔向董永

我们相约奔向仙女湖凄美的千古。

# 瘦西湖

金秋的风踮起脚尖

在瘦西湖湖面直立着身子

踩着轻盈的

碎步舞皱了一湖的面纹


扰乱了湖岸边的山峰

树木倒立的身姿

寒露是否来临都不影响

枫叶的飘悠坠落


叙述千秋的

无限忧思如我的思绪

尽情融入秋的萧瑟

一片红叶替我

宣誓我的思念、忠诚与坚定

2018-10-17

# 江南的莲花

在我体验江南夏至的梅雨

连绵的烦忧

体验自然白天最长暗夜最短的这天

整个西湖

陷入滴滴答答的雨帘

湖畔的莲花

正在经受天宇千万水柱的洗礼


莲茎依然挺立

擎着如盘的叶子在清风中

摇头晃脑；莲花绽放

怀着深秋纯白籽粒的希冀

晃荡在天空倒映在湖里雨后的湛蓝

无法拒绝鸟类

在它稠密的叶子上觅食

或钻在绿叶底下毫无顾忌地穿梭啁啾

在我观赏莲花鹤立高过

层叠的绿叶丛粉嫩的耀眼

蜻蜓早已安静地栖息在

莲苞小小的尖角，迷恋得我屏住呼吸

凝视它的悠闲自在

它的清纯，散发出的清香

引起昆虫的光顾让整个画面有了动感


我不说鸟类的活跃

鱼的家族潜伏在莲叶底下吞食戏水

不说蜻蜓时飞时落

栖在莲花点缀莲叶千层翠盖

和我驻足俯身感受

雨后祥静的湖面的清爽


不说在观望粉嫩的花姿被湿漉漉深绿包裹

满湖的波纹正在详细地传达

它的细枝末节

我要说的是它的高洁

它的高风亮节

它的莲藕肥胖，节节根须深扎湖底的淤泥

莲叶、莲瓣、莲蓬

绽开于水面娇艳不妖的姿态

让我想到莲花效应

想到与佛祖结缘

想到与北宋诗人苏东坡

改造苏堤和公仆清廉有着密切的关联。

2019-6-18

# 冬日游泉城

泉城，地底冒出的泉眼

是心底的爱恋

初始的涌动

万物收敛的冬日没有降低

地貌涌出的

液体，不低于十八摄氏度


水族部落在泉池游弋

斑斓的队伍

悠然有序，吸引无数的脚步

从趵突泉，假山

垂柳下，抵达大明湖

枯荷晃荡，守候大雪覆盖衰败的身姿


没有降低游人的兴致

也没有阻止海豹

钻出池塘嬉戏

潜入潭底，引发我的
遐想，谁知地壳，锁住泉城的水脉
伏在太古，变质岩的内核
孕育几个亿万年

冲破岩层，造就眼前不绝的泉眼
似关不上的闸，日夜喷涌
或从岩缝汩汩流淌
远道而来的人
如我惊讶于它的奇妙
壮观，忘了冬日的飘零
融入其境
犹如携着情侣步入早春刚刚萌芽！

2017-2-24

# 千佛山

千佛山，酷似盘腿打坐的巨佛 ①

让人仰慕已久

抵达的那刻，心就沿着大士 ②

在来无影去无踪的山径攀缘


幽谷，雾气升腾

露珠闪烁，鸟儿的欢叫

伴随着泉水

晨曦，给神奇的千佛山

披上了霞衣


踏上梵音指引的石径

双手合掌

虔诚，跪拜

---

① 千佛山的山体酷似盘腿打坐的巨佛。

② 大士：指观世音菩萨。

满脸慈祥的

佛祖，清空了凡尘的欲望

找到浮世宁静的归依！

# 在长城

在长城，在秦始皇修筑长城的传奇
寻找自己的前世，是石匠、是徒工
是徭役？轮回途中
震荡耳膜的寒风，是穿越忧古的杜鹃
在啼血？是孟姜女寻夫的哭泣？

在长城，在南来北往的雁影
瞭望台上，是将军
是士兵？望蜘蛛在角落，结网狩猎
瞭望台的墙头，荒草
枯荣，望敌旗倒戈
斜阳隐没在乌云的背后
沙漠把落日的
余晖，淹埋在胡杨的斑光
月弯之夜，告急的烽火连绵
幽谷，饮血的钢刀打破戈壁的沉寂
惊动安眠的夜鹰

在长城，在春秋的史册

没看到历史，省略哪朝

哪代，歌功颂德，看到和亲的公主

走出险峻的要道

翻开邻国和睦的新篇章

看到玄奘出关踏往西天

取经；看到考古的陆续奔赴楼兰

河西走廊，丝绸之路必经的关口

看到城池旌旗摇曳，铁骨的好男儿镇守疆域


在长城，看飘舞的彩袖

迎来的万里江山，盖世精英秦始皇

召集万众，历尽严寒酷暑

筑成的奇迹，环绕地球半周的长城

太空的宇航员回望地球东方

——淡蓝色的故乡

长龙盘旋

他的根须深扎华夏布满河流的胸腔！

2023-4-9

第三辑

**山岩上的抒情曲**

# 桃花源

这片林子的出现，是在远离

都市的午后，阳光那么好

山岭粉红得这里一丛

那里一片，让人不由得融入

蜂蝶在花海上下翩飞

挡在悬岩之外的春风

无可奈何地

让幽谷的芳香

萦绕着

掩藏其中的人

体验陶渊明诗境之外的

桃花源，偶过的火车

打破了高架桥下的那片

宁静与安逸

那么近，接近

蓝天、白云

接近灌木、草坡，接近

从不休止的鸟叫和虫鸣


接近丘陵起伏的山坳

枯了一冬的枝条

还没泛青，只是花朵粉红了枝头

牵着你的手没入桃林深处

忘却了凡俗

仿佛陷入倾城之恋

这世界就属于我们了！

# 在草原

黎明的微光唤醒草原的鸟鸣
打开我关闭的眼帘，敏感的器官
置身那一望无际的绿啊！
并不感到孤单
空中飞的，陆上走的
甚或钻入地底，只要不伤害于我
都将是留在草原的理由

我的悲悯、我的爱找到倾注的对象
决定陪你看不同季节
不同景色的草原
看风走过草尖，鹰掠过背影
看草丛里的猎物惊慌失措、有惊无险
这是计划好的
它们将成为你我的好邻居

闲暇时，拿起你心爱的马头琴

拂去尘埃，调好琴弦，找个月朗

星稀之夜，边弹边看

篝火旁，我还不缺妖娆灵动的身姿

风静止不动，见证你的通透

浪漫与情趣，连同你的

悠扬琴声，常给我意犹未尽的惊喜！

2021-8-9—2023-4-12

# 我想好了

我想好了，在深秋的防风林

银杏叶子脱离枝体扑向大地

草坪枯萎了

铺上鹅黄的毯子

风伸出纤手轻抚林间的琴弦

树在低吟浅唱

为你我的牵手奏起美妙的乐章


年轻时刻下的誓言

在树的年轮上长了一圈又一圈

移栽几棵果树

圈出一块空地种些闲花异草

收留一只小狗

每天，太阳还没露脸

在林荫下打拳悟道，舒通筋骨

日落后，带着小狗一起散步

每年必发的伤风咳嗽

在你我相伴后，还没光顾于你

你打开保暖水杯

喝着菊花茶，轻抚杯子

继而轻抚我的手背

说：感谢它——你的赠品

和你温馨的陪伴


我开心得像阳光少年

轻挽你的胳膊，那只小狗步履蹒跚地

紧跟着，时前时后

踩着碎步，走到固定的椅子前

捷足先登趴在中间

占满空隙

我轻拍它的头，你的手抚在我的手上


说着话儿或者我习惯打开

有你签名的诗集

小狗，跳下椅子舒缓四肢

踩着碎步跑到草地上

我戴上老花镜，是你在我八十岁

举行婚礼时送的礼物

我读着，你倚在身边
支起聆听的大网，捕捉我的每个读音
有时叫我停顿讲解语句的诗境
时有让我茅塞顿开
我还会脸红地接着读
起风了，树枝失去暗影
我把你的衣领竖起，你替我收紧围巾
我依然挽着你，小狗嗅探着跑在前面
消融在荡漾花香的暮色里！

2019-12-15—2023-4-26

# 我更喜欢芳华褪尽的你

迷恋上你的那一刻在菊花会上

你就像菊花的花瓣

再次盛开在我百度透明的液体

淡黄色的清香

滋润我口干舌燥的内心

累积多年的浓情，此刻在心底萌动

喷涌，打开我尘封已久的心扉


想着我们的相识像花朵

从春的嫩枝到夏的炎热、秋的成熟

内心的迷茫和疑惑

不影响像十月的礼花怒放

面对我的耐心呵护，你终于敞开胸怀


接纳我温柔的目光

如获阳光雨露

你的情感如花蕊到绽放的花朵

到茶杯里，到我口里
如茗品菊花茶醇厚的纯香

我喜欢你在缤纷的世界褪去的娇嫩
褪去的艳丽
在芬芳的世界毫不敛色屏气
始终是高贵
典雅的，如我将在花市爱上的菊花
移植

到内心的自家小院，无须立下承诺
如经历风雨后的花枝更是
葱郁依然，艳丽多姿
待我步履迟滞更是喜欢
芳华褪尽的你
如菊花茶在茶杯里弥漫着绵长的清香
沁入我即将枯竭的心扉

2019-1-9

# 带上我的心跟着你旅行

在大禹治水的源头出发
带上我的眼睛，跟着你的摄像头
观赏、选材、捕捉
取景，咔嚓，拍摄的刹那

定格运河上的石拱桥
堤坝、林荫；古镇
建筑，无处不在
的老房子，都是历史的文化遗产
发到朋友圈
没有错过
在路上入宿就餐

餐桌上的茶水
海鲜味，诱惑游者的食欲
诠品各种美食
佳酿，散发着五谷

杂酿的芳香，让我的目光

停留在，你旅途劳顿的露天灯光下

举杯邀明月，微醉入梦乡！

2018-9-6

# 沙漠玫瑰

我是我自己的沙漠
在沙漠里
种上，让自己
抵抗孤寂千年的玫瑰

让它抗干旱
抗冰雹夹着雨雪
抗沙尘暴
掀起整个沙丘的龙卷风

抗雨季来临
把根，更深地扎入
沙粒的深处
吸饱，喝足

舒展着不算优雅的身姿
等待下一个长久的

干旱过去；迎接年复一年

短暂的春季的来临

绽放独特绚丽的色彩

2017-1-5

# 约你在深秋

约你在深秋
原野褪尽苍翠与葱茏
夜莺的悲鸣
在月下说着千古的幽思

约你在湖畔
秋风搅乱的湖水
晃荡着
倒立的柳岸青山
蓝天和白云

南飞的大雁互相呼唤
人字形的背影
掠过湖面
消失在月亮升起的林梢

约你在枫林

携手在红叶叠起的深秋

唤醒

前世今生的

眷恋，翻山越岭到

天涯，看海角的晚景话别夕阳

2017-12-3

# 沙漠之约

就想和你到沙漠去

和骆驼为伴，与蜘蛛为伍

在沙尘暴来临时

在胡杨遮蔽下


看弱小的芨芨草

被连根拔起

越过沙丘，昼夜萎缩的茎杆

逐渐变成沙泥


看各类动物，大到角马

野牛，小到爬虫

蜘蛛在干旱的沙地

狩猎、捕食


看路过的

动物，停住迁徙的脚步

在鸟儿衔枝筑巢的绿洲
繁衍生息

就想和你到沙漠去
走过
寒冷与酷暑
走过周而复始的干旱
与雨季，守候着

沙海相伴成胡杨
生五百年，枯依然耸立
沿着沙丘的脉搏
抵御风沙的
锈蚀，又是五百年！

# 桥头的守望者

爱神把一支利剑射中他的肋骨

他的初恋坠入

梦境，迷茫地看着世界

眼中的事物

似隔着云雾缥缈虚浮

有人发现他的异常

是带在身边、装在套子里的油纸伞

即便在刮风下雨的天气

也从没见他打开


时常看到放学后

穿着雨衣的小学生跟在他身后起哄

羞辱，他不管不顾，全身

湿答答地夹着雨伞

在相同的时间于桥头守候


腰板挺直，干净的服装

加上满头雪白

茂密的头发，在风雨里走出

仙风鹤骨

那装在套子里的油纸伞

出卖他的神智

被坠入的情网摧残

几十年如一日

行走在熟悉的路径风雨无阻


我在搜索他的往日

竟是中国早先

最大的桥梁设计工程师

为了和他的女友的

约会，在即将来临的暴雨前

买伞给女孩遮雨

错过约定的时间


让他陷入如此痴迷的后半生

某个下雨天，他在桥的

河埠头救起

洗衣时不慎落水的女孩

自己却体力不支

溺水身亡，有好事者

将他的事迹上报

念及他生前的贡献


他被追念为烈士，他的遗骨正好

安葬在离我的祖坟不远的地方

我就是被他救起的

女孩的后代

让我有机会在清明这天

代替祖母祭拜

她的救命恩人

以便怀念远房外太祖母的初恋。

2019-5-9

# 我和你

我和你目光相遇，心灵相触的那一刻

你的脸谱深入

我的视域

深陷我的记忆的深处

在我心里千万次地回眸

你的三百六十五天的问候像我的

心跳，我的血液

在我的脉管

周游不止，像虚拟网的那根线

不离不弃地牵着我和你

让我们续上前世的姻缘

周游世界，再找一座

小房子容纳你和我

在城市、郊区、天涯、海角

都不重要了，只要能

逐渐忽略了惋惜

忽略你鬓角的霜和我心中的雪


淡忘在泉水

晨光、鸟鸣、林涛深处

看朝阳漫过山巅，夕晖沉没大地

我们把风声关在门外

幸福的日子

是一首歌、一支舞

或一杯淡淡的菊花茶


体验每个崭新的太阳

沐浴着阳光

体验我们在枫林牵手

度过的每个黄昏

体验红霞移出视线

隐藏在山岙

体验落日，再到月至中天

温馨的暗夜恬静、安宁。

2019-5-6

# 山中的早晨

我以没有预约的方式
进入一座山
隐藏在一幅画里的山啊
有鸟鸣，有林子
阳光从叶缝里漏了下来

沿着山径拾级而上
每片树叶都有一串鸟声
彼此呼应
引起整座山的共鸣

我是山中的过客
不想参与
与云、与雾、与林子的纠结
缠绵，等我抽身离开
展现在眼前的是阳光下的绿水青山！

2022-6-2—2023-4-2

# 望海

在我思想的丛林和思维空间

虚拟另一个我，右手托腮的姿势

像极雕塑家罗丹的沉思者

端坐山岩，眺望大海

月亮踮着脚尖和着钢琴奏出的旋律

踏着波光舞蹈

海风甩起它的云袖缠绕穿梭


目光所及，演奏者浮出海面

坐在琴凳上手指灵动地

按着琴键飞速起落，和着脚下的拍子

连同钢琴随波漂移

随着漂移的是他

置身莱茵河畔的茅屋

听琴的盲姑娘和她的皮鞋匠哥哥

牛皮碎片和做皮鞋的工具

臣服地伏在脚边

怜悯和同情揪着拂琴的心

海风透过窗口

吹灭蜡烛，海水躁动不安

随着音调急速上升，海水肆意暴虐

狂风骤起，十指下的猛兽

咆哮着、怒吼着

掀翻海与天

海与云，急速旋转

浑圆融合

乌云变幻着身姿遮住月亮


月亮在惊涛骇浪里晃荡扭曲

与乌云撕扯、纠结

沉浮、挣脱

完全跃出云层，高悬观望自个儿

倒映在海波的影子

在舒缓悦耳的琴声里

优雅地收敛狂野奔放的翅膀


大海在演奏者的手指离开琴键后

恢复宁静，月亮在云中悠然信步

兄妹俩被琴声拐跑的思绪

随音乐家走出茅屋

随波涛消失在海波天际

贝多芬的《月光奏鸣曲》

在望海的山岩上

在我的思想丛林和思维空间戛然而止

2022-1-9

# 听爷爷在山崖上讲黄河的故事

**1**

黄河是有灵魂的，生活在黄河岸边的人都知道

爷爷面对月夜之下的小女孩

轻轻地诉说：

时间还原两千多万年前

黄河在华夏诞生

水的源头向东、西、南、北奔走相告


黄帝戴着斗笠，披着蓑衣

穿越五千年走来

就有了后来的渔夫与渔女

扛起锄头是农民，划着小船捕鱼

是渔夫，从此世代在黄河边

捕猎、繁衍、生息


黄河温柔似母亲，有人把它叫作母亲河

黄河发怒似暴君，看那被吞噬的渔船

商人的船队，还有黄河岸边

黎民百姓的世代家财

随肆虐的黄河水毁灭，漂泊他乡


捕鱼的渔人最怕阴霾天气

时有龙卷风，暴风雨掀翻渔船带走渔夫

在深山老林生存几十年

经历严寒和酷暑

有人看到他的身上披着树皮

头发凌乱不堪

成了野人，归来时已是另一个世纪


## 2

黄河献出资源保留一贯的坏脾气

却是英雄豪杰聚集的领地

古有三国、水浒、梁山好汉

近有百万雄师

从城市、乡村、山野深处奔涌而来


侵略者带着武器漂洋过海

掠劫兵家要塞

黄河不设疆界，铁蹄踏过的土地

家破人亡，村庄成为废墟

血洗我中华大好河山

黄河人家陷入水深火热


**3**

爷爷的叙述像被浪花打断

哽咽着关上话匣子，山崖上的女孩

望着月夜下的黄河水

与山涧的云雾紧密合拍

回味爷爷因悲愤戛然而止的话语

怒火从眼眸喷薄而出


握紧小小的拳头

抽出一只大手挥着扎红布头的大刀

紧跟着镰刀加锤子

闪耀着五角星的旗帜捍卫黄河


迎接散兵勇将向黄土地奔来

黄河的花船、商船、渔船

纤夫激昂的号子

伴随着大峡谷倾泻翻滚的洪涛

想起那个夜晚

千古奇雄尽收眼底的

旷世悬崖，还有一老一少的祖孙俩


满眼含着泪花，笑看举着红旗的八路军

新四军、大学生、革命青年

——他们一个个

经过艰难磨炼；经过二万五千里长征

踏着《黄河大合唱》的旋律

走进延安，跟着伟人创立红色政权，建设新中国！

2021-5-4

# 山岩上的抒情曲

看我手指的方向
就这块山岩了，它奇突山体
凌空雄踞在海边
海水在它凸出的底部
穿梭自如

朝南座北的两峡
是海风的自然
通道，免费聆听山岩上的
抒情曲。大自然的

每个事物都是一个音符
风是谱曲的高手
你听的喜怒哀乐
都会在山岩上奏响

天气晴朗，山花烂漫

奏的是《阳春三月》

浓雾迷离，遮天蔽日

奏的是《月朦胧，鸟朦胧》


台风来袭，风在吼叫

奏的是《黄河大合唱》

微风轻抚，风和日丽

奏的是《让我们荡起双桨》


犁开海水出海，在彩云底下

拖着太阳的影子

作业，撒网

傍晚，斜阳还没收走西边

最后的余晖


我们收网、起锚，请一群

窥探的海鸟

享用甲板上的晚餐

放生一些

活着的小鱼、小虾

回归大海

就这块山岩了，依山伴海

阳光聚集，海浪相拥

夹在两峡，似自然孕育

千年的珠蚌

在上面建座小房子

让漂泊已久的你我居住进去


体验此生余下的时光

递换着四季的温度

体验浪涛

收起狂野的翅膀

牵着月色入梦

如《海韵》在温馨的夜晚

拂去脊骨的繁华与喧嚣！

# 在山岩上建座小房子

爱上这块山岩，在孤寂的
傍晚，在石头砌成的
小房子里
虚拟了一位
亲爱的，倚窗而立

陪伴着我，看山
看海、看晚霞
挥毫
画出多姿多彩的天空

看鸟儿归林
一拨又一拨
掠过
西沉的落日

我们禁语在山岩上

晚风中，直到小屋的灯光

替代白昼，聆听

窗外，树的


吟咏，自然

自谱自奏的音符

品尝着美酒

看月亮升起时至中秋

# 悬崖菊

悬崖菊
把你移植到悬崖三面环山
有海浪经过的
底部
上面建的石房子

青石条砌的石栏杆
旁边种着各种名贵的菊花
争奇斗艳
点缀着靠海的窗台

搁置着，悬崖菊
垂挂的姿势像极了耳朵
俯瞰万丈山崖
陪伴我聆听风
聆听雨
聆听炸雷滚过的海面

明天就有好天气

黎明前

划着小船犁开海水去捕鱼

傍晚后，吹着海风

迎着坠落的夕阳满载返回


石屋里，我们

炖着不放盐的海鲜

和来访的朋友

喝着自酿的菊花酒

灯光下，海阔天空

促膝长谈至启明星升起

2018-7-17

# 致大海

在中国海域的最南端

找块突出山体的

岩石当跳台，弯腰屈体

纵身跃入

浪花在你的头顶惊叫出声


脚尖触及的部分

是鱼类、珊瑚虫

海星栖息亿万年的化石

在海洋馆里

演绎着海中物种的进化历程

2018-1-9

# 我不是孤单的游客

在大海边我不是孤单的游客

浪涛簇拥着山岩

陪伴我

立在露宿的灯光下

这片夜色里的海域

让我领略众星编织下的大海

达观辽阔和深邃


解绑的灵魂欢畅淋漓

游离都市

倾塌的欲念远离

孤寂的长夜

宁静如初，枕着涛声


随着潮汐无须与暗夜商谈

安然入眠，逐渐

漫延至海风吹拂

晨曦呈现岛上的雾气，鸟鸣

森林，鲜花的芳香

朝着海天的窗口逐一展示。

2018－1－21

# 山岩上的女孩

山岩上玉立着的女孩身姿颀长
海风抚起她的秀发
柳絮般飞扬
白天鹅似的沙滩裙
飘逸成旗帜，一只彩蝶

栖身在欧式蕾丝帽的边缘
斑斓的羽翅
遮挡着北回归线的
热带阳光，目光追随同伴
在嬉浪的旅行者中
退化成鱼的姿态
融入海水浪峰里时隐时现。

2020－1－8

# 海螺

在海边深入一枚海螺

沿着自然的伟力

创造的海岸线

被浪涛推到海湾的经历


曾与何种生物

纠结缠绵，蓄势待发

灵与肉的较量


被掏空了肉身

成了海滩上玩童手中的螺号

传承它的祖先

吹奏着海岛亿万年浮沉的乐章。

2018-1-25

# 海滩上的风景

到海边看大海
体验浪涛
消磨观潮的直观意识
阳光辐射，冲浪的水手
帆船犁开的航线

在鹰掠过的海域迅速合拢
紧随着潮水抛上
浪尖又跌落波谷
浪峰屏蔽的
视线，无不惊心动魄

海滩上，缤纷的太阳伞
蘑菇亭的造型
散在椰树下，遮挡着
舒展的肢体
不顾周边的嬉戏
打闹地把各自的爱推向极致。

2018-8-3

# 悬崖上的青松

青松，把根须深入

峭壁的那一刻，注定与我目光相遇

——虬枝曲盘

震撼我，软弱的肋骨

有钢质的硬度


深入骨髓不断地提纯

净化自己

孤寞的、虚无的依赖

傲然立下誓言

陪伴悬崖不悔，千年挺立！

2023-5-6

第四辑

# 我的世界五彩缤纷

# 在我的身体里暗含着凝香

孤寂，是坛醇香的白酒
浓郁的黄酒、圆润收敛的葡萄酒
在我不眠的暗夜
是匹不可轻易驯服的红鬃烈马
快马扬鞭在大脑的疆场

在英雄不气短的酒杯里
武侠小说般的女子
佩着宝剑，在我的体内走来
以诗歌的利剑
屯粮积草
与文朋诗友肝胆相照

在文字的江湖
并不搅局，只是以文会友
行侠仗义；让我借着
百花、百果及五谷杂粮的酒囊

锤炼笑对磨难的容颜

由孤寂酝酿成暗含凝香的诗章。

2022-9-19

# 下棋

## ——给冯歆瑶

爸爸和三岁的宝宝学下棋

宝宝盯着棋盘说：我懂了爸爸

我会下了，你看——

她的小小的拇指

和食指，拈着棋子，按照她这个年龄

刚悟出的，不需讲棋道

不用讲规律的走法

和爸爸对弈


她方的棋子不需行兵列阵

卒（兵）可以像车（車）一样走

横冲直撞，一日千里

像马一样走日

没有拌马腿，如晚霞斜到天涯

像象一样走田字格，像炮一样隔棋轰

直达对方阵营活捉帅（将）

她赋予每枚棋子

无限的神力，就稳操胜券，稳坐江山

爸爸的棋子还没

完全排布阵势，她就长驱直入

势如破竹，接着，举起双手，欢呼雀跃：

——耶，我赢啦！

爸爸憋着笑，严肃地说：你犯规了！

每种事物，都有它的自然规律

"没有规矩，不成方圆"

走棋，必须要按照棋道一步一步地行走！

2021－8－9

# 擦肩而过的玫瑰

玫瑰，从枝头冒出的苞芽

到自然地舒展开花瓣

——这带刺的冷艳仙子

是自然给予的力量

直到优雅地绽放

是我此生梦寐以求的期盼


在我走过青葱年华

渴盼有九百九十九朵的芬芳的簇拥

失望，在绿色的梦中

淡化远去


眼前满目的花季女孩

借着西方情人的节日

胸前拥有的温馨

脸上的笑容胜比鲜花灿烂

在我心底逐渐褪色的憧憬

莫名地在落叶

缤纷的深秋，在布满

荆棘的玫瑰丛

怀着青涩的

重新绽放的希冀日夜滋生

初始萌动的柔情！

2018-12-15

# 城市里的孤独者

晨曦的鸟语追随我的背影

融入城市

融入匆忙行走的人流

穿大街、过小巷

融入车水马龙的闹市区


如空气流动在虚空

如落叶

飘逸在林荫；融入超市

融入公交车、融入银行

融入写字大楼、融入地铁站


如生活中的机器人

人肉皮囊

融入夜色吞没万物的灯下

把疲惫和孤寂

带回寄身的港湾

沐浴、更衣，让软绵绵的

肉身交给席梦思

灵魂紧跟着自己的鼾声

融入深藏

文化底蕴的千年古城！

2023-4-28

# 旅行

以自我和解的方式学会放下
自认为，放不下的
单枪匹马去旅行
看山、看水
看落日之后风雨中的山涧雨林

路上的陌生面孔
不想深究笑脸背后的忧伤
不想读懂
微笑热心背后的含情

看眼前的奇峰怪石
领略风景
和峭壁险境的惊心
和山合影
和水合影
和陌生人合影

来时，不带包裹

回时，也把包裹放下

寻求旅途的热闹

喧嚣；寻找山花烂漫

流水奔走相告

寻找自然的广袤

博大精深，寻找愉悦，忘却烦忧！

2023-4-11

# 穿旗袍的女子

穿旗袍的女子

是水做的，雨打湿的江南

滋养一方水土

养育一方人，养肥一批又一批桑蚕


它们的梦

破茧而出不仅是飞蛾

望那身柔润的

丝绸，丰腰扭动的身姿


隔着柔滑触摸到的芳馨

高贵、典雅

东方女子曼妙的

姿态，亮丽了一座城市！

2019-5-11

# 我是矛和盾的结合体

我的思维是矛和盾的结合体

怕形单影孤又厌烦

假装形影不离

内心的挣扎如两头牛在搏斗

比如上苍，给你制造了另一半

你对我必须不离不弃

我对你也始

终如一


——我协助你理财

创造家业，打发人情世故

解决生活的繁琐

减轻你的负担，给予你舒适安逸

你也必须给予我

关怀备至

决不能食言，自私背弃

让尽职尽责的我伤心欲绝

——吵架，冷暴力

又和好如初，反复练习

几千次、几万次以后，一百度的温馨

冷却到零度，在我的周身

每个角落布满冰霜

还在担心

这辈子的缘分会一下子用完！

2018-12-31—2023-4-11

# 我的世界下雪了

从零上十几度的南方
来到零下几度的北方
目光渐行
渐远，人情越来越淡

熟悉的呼吸
遗失在千里之外
触手可及的心跳
栖息在别人的梦乡

有些轻盈的蝴蝶
乘虚而入，岌岌可危的
门扉，不攻自破
我的世界下雪了！

2018－7－11

# 背对时光

太阳在嗜睡者的
鼾声中升起，落日在星星的私语里
沉没在
晚霞隐身的帷幕

我时常在孤独的梦境
或急或慢
行走着自我的姿态
静听，风

雨，愉悦
转身，岁月寄予的一切
想在攥紧的拳头
找到诠释，摊开的掌纹
注解着逐渐消融的得失背对时光。

2022-8-9

# 自画像

在镜子里寻找自己
欧洲白色人种的
面孔，东方特色的皮肤
凹陷的眼眶
目光犀利有内涵

温厚豪爽的
心胸藏在蓝色深邃的背后
博览群书，有华夏五千年的
历史滋养自身

继承母亲的全部
容颜和善良，爱惜她的作品
就是赋予母亲
在天国最深切的怀念

2015-9-9

# 地球是一棵树

街道橱窗宣传栏贴着公益广告
画面里的医博士
拿着听诊器
给地球仪就诊
我知道地球病了
就想让它在天宇间站起来
变成一棵树，生出枝、生出蔓、生出
光合作用的绿色的叶子

江河湖海是树的脉络
水是树的身上流动的液体
陆地是皮肤
人类及其他生物
是依附在这棵树的身上的寄生物
高山、平原和房屋
是大风刮来时
树身竖起的鸡皮疙瘩

这绝不是不着边际

的想象，地球真的是一棵有生命的大树

人类是这棵树上的寄居者

——也是主宰者

拥抱地球，保护绿色生命就是保护

人类自己！

2022-4-6

# 小渔夫初次下海去捕鱼

## ——给李紫来

小渔夫初次下海去捕鱼

第一网拉上来的是

亮光光的海水

小渔夫不灰心，再次撒下网

第二网拉上来的是

泡沫、塑料破烂和鞋子

"天啊！这些垃圾怎么啦！"

小渔夫嘀咕着，

"怎么都钻进我的网里？"

第三网拉上来的是海藻

小渔夫心里连说：

"晦气，晦气！"

正要随手扔到海里

"别急，别急！"

海藻说：

"还有小鱼、小虾

躲在我的怀里。"


"嘻嘻嘻……"

小渔夫看着抖在鱼篓里的小鱼、小虾

喜滋滋地说：

"网不到大鱼，小鱼、小虾也可以。"

2022-10-15

# 月亮盛在露珠里

守候在云中的目光
捕捉嫦娥的娇姿
投奔叶子，盛在露珠里的明月
正是天涯共此时

此刻，伸长脖颈也够不到
广寒宫，无眠的月光
更添冷意
绕过风花雪月吧！

今夜，孤芳浅饮桂花佳酿
与琥珀里的奔月者
对视，欣赏她那
亘古不变的飞天姿势
完美诠释神话里的奇妙的传说！

2022-8-27

# 月到中秋

当月夜复原远古的神话
琥珀的内核
捕捉亿万年前的
天体，瞬息的辉煌

嫦娥奔月的娇姿
被一片树叶里的露珠捕获
定格她
亿万洪荒的孤寂

摄取凡尘幸遇的眼球
欣赏她的绝世的
姿容，万般孤寂的芬芳
在中秋的月夜释放千古绝唱！

2022-9-19

# 菊花酒

秋天，一场雨赶上菊花盛会

在万紫千红中

相中了你，黄色的高贵

典雅，你的花瓣

如礼花绽放在

十月的黄昏


我用手机定格你的尊容

连同欣赏你的手

捧起这份温馨

融化了

即将到来的寒流

在酒坛里酝酿着醇厚的芳香。

2018-7-15

# 桂花酒

桂花在一夜间忽然成熟

采花的人多少年啦

用祖传的秘籍

酿成我口中的美酒


在寒冷的黄昏融入夜色

我行走在运河畔

与有点

醉意的广场舞者一起

陶醉在音乐和桂花酿的酒香里

2018-1-4

# 心空了

不知用什么来比喻自己

心空了

——选择竹子吧

它是土里拱出的笋

一节一节地

往上拔啊拔


拔到枝繁叶茂

拔到有只

坏心眼的鸟

在竹筒里做了巢


一阵风袭来

竹子断了，心

一节一节地

空了

选择哪一节，两头都空了！

2022-8-27

# 雪停了

雪停了，在这纯白的世界
除了积雪脱落枝头的
声音，只听到
自个内心的雀跃
仿佛回到童年

漫山遍野的银装素裹
抵挡不住
天空飞的、地上跑的
觅食者，无处不在的身影

我在回神之际
顽童的嬉笑与打闹
诱惑我，真想
加入堆雪人、打雪仗的游戏！

2023-1-16

# 给我

给我入住的三十五楼窗口

晨光中，观赏城市星罗棋布的街道

把耸立的高楼大厦

规划得鸽子笼似的，密布

有序，高低不一


给我俯视宽阔笔直的道路

稀少的长跑者，穿着紧身运动服甩开的肩膀

就是马拉松跑道上

的一道身影；早起的人融入城内的

出租车、私家车

从远处而来，消失在远去

的马路上、林荫下枝叶摇晃的斑光中


给我勤快的双脚

穿着轻巧的跑步鞋，跳跃式的姿势

跑下高层楼梯

迎向清晨寒冷的冬天

奔走在

小区刚扫过落叶的、弯曲的小径


给我热情的邻居

别墅走出咿呀学步的幼儿

牵着头发斑白的老者；跑出早上九点的太阳

——充满活力的小伙子

在太湖石（松柏旁

池塘边）擦肩的刹那，无暇顾及

塘底游弋的红锦鲤

肩上栖着一片寒冬的落叶

假山、灌木，瞬间

成为他的背景，在拐角时让我想起过去

目睹步态龙钟的未来！

2023-4-9

# 和解

就想为自己抒情，哪怕

一次只有一个感慨

与牵挂，惶恐不可终日，承受马拉松的

冷淡和疏远；与过往一一

道别；慢慢地说服自己

抹去疲惫与伤痕与自我和解


想着始料未及的事

仿佛梦境

脱离不曾想过给你忧伤的领域

奔赴他日

的福祉　未来神往的方向


给缓慢有序的时日添加

阳光，馨香

释怀于车水马龙

青山、绿水、古运河

和过往，跌宕起伏

喜悦与枯涩，挥手告别

拿出千般勇气

修补千疮百孔，享受闲暇时光！

2023-4-9

# 城市的风是屋顶的过客

城市的风是屋顶的过客

它时常踮着脚尖

在运河畔、林荫道上

不紧不慢地提醒我

大地回春，云常用好看的姿态


在苍穹天马行空

我再也不需要拐弯抹角了

在自己的思绪里

理顺了五味俱全的日子


伸了伸懒腰

无奈孤寂，涌进睡眠

这一夜，抓住风的一个衣角

听着雨打芭蕉的声音

在我的梦里搅乱了整个夜晚

2019－3－2—2023－5－7

# 双晖桥上的速写

双晖桥中央的一侧
蹲着一位上了年纪的妇人
微躬的脊背似她此时蹲着的桥梁
守着两筐带露珠的
蔬菜，一根单薄的扁担横在脚边

祈求的目光
毫不放过摊前经过的路人
还不忘记吆喝：
"良渚种的，新鲜蔬菜便宜卖喽！"

从桥的一头上来，就看到
偶尔停住脚步的人
拎起她筐里的蔬菜过秤
付款离去
妇人满意的神色像她培育的儿女
找到了各自的归宿

等我在菜市场买了鱼虾再次经过

她已收好空筐准备回家！

2023-7-11

# 告诉

时常告诉自己不必忧伤

不必为他人的过错惩罚无过的自己

当信任变得脆弱

从苦不堪言的

日子，抬头仰望晴空的那一刻


伤心连肉带血地吞到肚子里

疼痛，从此蔓延全身

酝酿成文字

酝酿成诗歌，连同每个韵脚

都想替你疼痛一次


若干年后，想起，薄了

淡了，消失了——疼痛变成琐碎

变成别人饭后

茶余的插科打诨，笑看云淡风轻

无碍任由各水一方！

2023-7-12

# 乡愁是梦里的浮萍

乡愁是水穿透镂空的太湖石

写下这一句，心已伤得千疮百孔

生活是舔血疗伤的

良药；是河里的浮萍

在都市奔波

在凡尘历经磨炼的蜕变


回乡的路早被设计者

卡在他人背信弃义的十字路口

蓄谋已久的变故

漫延，怪谁

只怪太过于善良

毫无防备——时间给出一道难题


等花了一百度、一千度的温馨

收紧了自以为还在

攥着的丝线

风筝早就

挣脱了，栖息在他人的梦乡

念想无可依托


等切断早就挤不出水的泉眼

吝啬的泪腺忧伤的喘息

彻底关闭，他还在内耗

还在想尽办法

欲置你于孤立的境地

往日的和谐——虚情假意化为乌有

去与留两难

乡愁是无根的浮萍，来与去无所适从！

2023-7-15

# 济州岛

济州岛，大海躬身耸起的脊梁
是旅人寻求的
避暑山庄，植物古老茂盛
棕褐色的枝干犹如渔民
弯腰作业的背部
偏向一边的姿势是大自然
是海风历经千辛设计的杰作

我想不起它与别的孤屿的
异同之处：山岩与海浪的搏击
孤岛沉浮都是自然的规律
与月球有关
古树的生存法则给予越洋的候鸟

迁徙，提供栖息的便利
我的思绪在神游
在寻找依托，融入山水的眼神

画家早就用油墨

定格了这自然的伟力!

是环球旅游爱好者神往的海岛!

2023-7-16

第五辑

# 千古奇想

# 雨中与西湖对视

雨中举着大伞与西湖对视

看不清她的真面貌，抛开斜飞的细雨

独自丈量浸泡雨中的湖堤

紧拥湖中的事物

环球动漫在眼皮底下晃动

滑过，假如动用

高空拍摄特效电影的广角镜头


映入眼帘的只是西湖的一隅

俯视荷花，惊呆的水鸟

蜷缩绿叶底下，一愣一愣地远眺

湖中岛、亭台楼阁、三潭印月

——透过推近的镜头，平视岸边的树荫草坛

那满世界的绿啊！笼罩在滴答的雨帘下


栖落枝丫的灰鸟忘记捕捉

蠕动的虫子，石雕上的少女仍在雨中晨读

抗美援朝的英雄群雕

连同马可·波罗雕像都被卷入

来势猛烈的雨幕

只是占据我独行的一小部分


在视线之外还有三个法裔雕像

——奥古斯特·罗丹塑造的思想者

大卫与波尔格塞的斗士

没有翅膀的女神

裸露在西湖以西的草坪

闲暇气定，冲洗东方杭城的上空

不约而至的暴雨

亘古不变的姿势展示雕塑家的艺术造诣


消失的杨公堤、曲院风荷

八卦田、孤山、吴山、宝石山

植物园的千年古树；鲁迅、秋瑾的雕像

济公师傅、相传的梁祝

许仙、新白娘子；躲在蟹壳的法海

仍在传说不会搅乱

此刻的我，孑然举伞在倾盆大雨之中

畅快地释放心中不悦的块垒

静观树枝漏下的水柱

风生水起的向晚，世界瞬息万变

忽略林中矮小的屋舍

小卖部；忽略沉沦大雨

的北高峰、飞来峰、雷峰塔及灵隐寺

迎接亚运不断添加的新设施

忽略天空蓄积的雨柱在标志性的

大茶壶雕塑背后转出

朝西子湖方向

夜晚闪烁斑斓的喷泉附近

不需突破极限的视线

望向湖心，画舫三两游客孤航飘移

我站在弃舟登陆的码头

独揽整个西湖陷入酣畅滂沱的诗意！

2022-11-17—2023-5-13

# 雪落在运河畔

运河的黄昏从雪花飘落开始
月季在花坛迷失在
风花雪夜，堤岸上挂着
冰凌的垂柳
弯腰的姿势似白胡子老者
独钓寒江

它的从容和淡定让我相信
在雪地极目寻找的足迹
还没被风雪覆盖
货轮收集着落在甲板的白雪
不紧不慢地行驶在从没被大雪封锁
的千年河道
让我想着水上的航运还没停止

前面的浮雕仍然矗立在运河畔
一群光着膀子的纤夫

肩上又驮着

年复一年的积雪

抬头仰望前方，永远躬身

耸起的背脊震撼我继续往前的步伐


孤立在近旁的蚕娘

正披着雪袍让后人铭记养蚕、抽丝

织绸的过程

铭记她生活起伏的里程碑

桥头的石像暂且被风雪淹没

它在岁月沉淀的足迹

都记载在杭城

丝绸之路及华夏古国的史册。

2019-1-2

# 千古奇想

走进博物馆，我想把杭城缩小
高楼大厦覆盖的地域成为历史的黑白照片
让我隐身画框，这是哪世的女子啊？
身着旗袍，戴着蕾丝帽
飘逸着现代丝绸改良的高雅

精致的亚洲面孔透着哪世
欧式的迷恋，眼含羞涩借用我的脚步
探索豪宅不复昔颜的典故
追怀先贤百年的寂寥、曾经的叱咤风云
及风流韵事，寻找遗留千古的文明

静物移向动物，移向大运河
来往船只拉响的短笛，划乱千年水波
哪位观望者是我前世的目光？
看着隋炀帝的戏班船、乾隆巡游的御船
给古运河记下辉煌的一笔

在她舒坦的眼神中满怀我的奇思妙想

缩小城市华丽的外表，无法把它看个透彻

退出想象，转身走出博物馆

在湖畔荫堤隔着雨丝让我体悟

浓缩一帘烟雨的江南深厚文化的古风韵味

2020-11-15

# 在运河畔体悟白露的凉

白露的标新立异是昼热夜凉

行走运河，并不想

监督晚霞逐渐

在水里收走彩衣

冷意不由分说地占据全身


脚步并没改变行走的路线

等到暮色笼罩

万物，来往的货轮，不因城市

亮起霓虹，停止搅乱水波

打扰水族部落

视线轮番适应白天与黑夜

太阳升起黑夜降临


疲惫的愁绪陡然升温

疑似月光

从叶子的缝隙遗漏碎银

如此反复，弹指

而过的季节，来不及体悟

"露从今夜白，伊人在水边"的转换


夜空传来鸣叫掠过头顶

格外悦耳，鸿雁迁徙落单

继而前往的勇气

提示我，拭去额角的汗珠

心底顿感温馨

升起，体悟万物轮换无法扭转

独享漫步的愉悦

点滴释放长久压抑的块垒！

2019－9－8—2023－5－11

# 在大暑等待一场雨

蝉的家族伏在繁茂的绿荫齐心协力

扯破嗓子，从清晨

喊到入夜的"热"字

格外刺耳，蚯蚓在大地的热锅里

拱出地面，蠕开草丛的刹那

已经走投无路

我发现它烤干的躯壳

它在炼狱般的石板路上涅槃了


古镇，正在迎亚运

改造的街道，整排的林荫

站成中南海的哨兵

它的静谧

诠释着大暑的全部内涵

偶有的微风

只是在树叶的缝隙打个水漂

地面的热浪在

自然的蒸笼依然我行我素


蚂蚁隐藏在干裂的枯枝

土壤的下面

忙着搬运酷暑热晕的微小生灵

喂养母蚁

产下的一批又一批的儿女

蜘蛛伏在自结的网上

在细碎的阳光下捕捉着自投罗网的昆虫


我移步换景在乡野小河

观赏着荷花

忽略被热浪蒸得蔫头耷脑的荷叶

在自然的红绿相间

等待着一阵雷雨的倾盆

清凉整个世界

呈现在展厅的山水泼墨着诗情画意。

2019-7-31

# 江南的第一场雪

在我收敛放牧秋野的目光
立冬准备跨过门槛
为南北奔波的心意无须特意说明
北方已经下雪了
为心而立的节气
它的霜、它的雪必然降临眷顾

你再也不用为连绵的
雨水烦忧了
落叶撩乱不了我，沉淀的心绪
雪花加厚田野黄叶覆盖的枯井
地底涌动着草的信息
谁会在意，季节的分界线
为来年、为自然死而复生

万物的循环由不得你，寒暖出处
都由心而生，宽心从容如我

无须担忧枯坐窗边独自

等候江南的第一场雪，看纷飞的小雪花

越积越厚或冬阳徐来逐渐消融

要学独钓寒江的隐者

忽略大地的萧条，消磨长夜漫漫。

2019-11-5

# 雪字落笔

雪字落笔，这世界就白了
枝丫露出的色彩
是积雪压弯枝头的脱落
打破万籁

大雪覆盖的不仅是房屋
田园、石子路
连同林荫
灌木席卷在银装素裹之中

在我孤立旷野，空巷传出的
爆竹声，追逐的
顽童，诱使我把目光投向屋顶的
树冠；飞鸟邀请我
在银色的虚空无限地遐想！

2023-1-25

# 手指天空数星星的孩子

乡下的夜在蝉的鸣叫声中悄然降临

把我抛在故乡之外

离乡的游子，孤寂地眺望城郊

霓虹跳动的夜空蜿蜒

灯光的海洋


静立河水波动的小河畔

隐约漂着垃圾

看不到碧波，重温夏夜的河道

水族部落躁动不安

引发离乡已久的游子

无端的失落，就像踏上独木桥


思绪失去平衡

漫步在新农村人工铺设的曲径

寻找消失的菜园子

青石砌的围墙

庭院，墙角不眠的虫子

仍然掩在

它们祖先繁衍的草丛


不停地鸣叫

引发我对乡下的星空

无限的遐想——幼小的我

溜出家门，夜深

人静，孤立旷野

手指星空成了数星星的孩子！

2023-5-13

# 胡桃里的诗歌盛宴

## ——《品味·浙江诗人》新春诗歌朗诵会

这个春天我拒绝孤寂没有拒绝粉蝶

风信子的招手

行走在杭城还没成荫的柳树下

运河畔和其它树种一起怒放的白玉兰

蕴含着凝香簇拥着我

从下午的阳光拐进胡桃里的音乐酒吧


在那等候的有瑶琴

锣、鼓、洞箫、古筝和等候演奏的梅花三弄

酒吧里的坛子、杯子

还有诗人们都支起耳朵聆听

来自选集的诗歌


朗诵者缓缓铺开的画面

是诗人们在生活中捕捉到的瞬间

在精选里列队

以朗诵者的

音喉或缓慢、或激烈、或抒情地出列
激越着谛听者的耳膜

时间在各种乐器里
在抑扬顿挫的声调慢移直至暗夜收走
都市的嘈杂
倦怠爬上在座的眼睑时而张大的嘴巴
我们像条鱼
游走在各自的回家之路
酒吧里复归酒坛、酒杯、餐桌的宁静
胡桃里很小很小
小到酒坛、杯子、乐器、吧台和食客
胡桃里很大很大，大到诗歌、诗人的世界！

2019-3-20

# 提着酒葫芦游走凤凰山

奇峰怪石的出现素未谋面

时光逆转千年，岩石早已修炼成仙

我的脱俗在晴好恬静的暗夜

提着酒葫芦脚踩林梢

穿越虚空，游走凤凰山

它的山峦峭壁与峡谷绝不逊给

泰山、华山、峨眉山


在我经过的地方万物静得

只剩下呼吸，凡人看不见的山岩上

神仙在聚会。我在千仞峭壁被

挡住去路，却在拐角

逢生：游走天下绝、老牛背、百步紧

意会自然的设计师

把金蟾望月、石壁鹤影、龟猴朝圣的悬崖

精雕细刻得极为传神

在脚下生风，恍然掠过

道风、寺院、古刹

在暮鼓掩在黎明，俯瞰未闻

禅声的山径，提着酒葫芦

不需肉身前往，只与泸州老窖接触

深入典故，在文字里

晃悠了一夜

陪伴神话里的神仙醉游凤凰山！

2023-5-10

# 兔耳峰上看枫叶

**1**

兔耳峰上的枫叶

在春天

都是阳光眷顾的绿孩子

遍地的绿啊

难辨彼此


风信子的招呼

诱惑我，远行的念头

沿途的自然恩赐

忘却

肉体来自凡胎


日光照进森林峡谷

鸟儿的欢叫

唤醒古藤、老树、鲜花

唤醒随处奇峰

怪石、沉寂的幽谷

**2**

深秋，漫山的红叶

脱离枝体，带走漫游的蒲公英

盘腿悬崖的藤蔓

不需讲述

霜叶与秋絮的缠绵与纠结


远道的旅人不用担忧

斑斓的色彩

缭乱眼神，枫叶红透漫山

体会悲壮和飘零


奔赴山体化为淤泥

从容姿态

想不起古人伤春悲秋

眼前悠游

愉悦，早让寂寞和沧桑

销声没有踪迹！

2018－3－19—2023－5－14

# 凤凰山

岩石禅坐修炼成仙

仰望者置身绝境

隐匿其中

拐角的突兀

让人找到另有洞天


奇，怪，妙在于自然

时光设计师

或隐或现悬崖峭壁

风雨的刻刀

雕琢如此惟肖千奇


观望者如我

顿悟它的禅意

山不在高，在于攀爬者

探索的目光记录千秋！

2018-4-7—2023-5-14

## 凤凰山观瀑布

在凤凰山拜谒凤凰的涅槃

与瀑布不期而遇

这透明的翅膀，开屏的白孔雀

羽翼丰满地悬挂在山涧

岩壁上青白分明


直泻或折叠得如此微妙出彩

和我心中涌动的暗流

不谋而合

挺身凌空降落的气势

刹那似碰碎的白玉石

钻进肌肤，让我冰凉得刻骨铭心

2018-4-10

# 聚仙岩

到聚仙岩寻找传说中的神仙

看漫山的葱茏

烂漫，品尝

茶国采摘的新芽


在诗海酝酿出新意

在朗月高照的山巅吹着山风

举起手里的酒杯

学着酒仙的风范与仙人们

碰杯，醉他个通宵

2018-4-10

# 棋盘顶

神马峰的出名在于百鸟仙师
与百兽仙师的对弈
让它写进
凤凰山怪峰传奇的石谱

冯山砍柴时的
误入观望，让他的容颜
定格在青春年少
凡间的一个世纪
浓缩在仙界一盘棋的光阴

让凡夫少年
错过生身双亲的孝敬
送终，醒悟归乡
已是物旧人非

板斧，变朽的木柄在

两鬓如霜的孙辈，百岁老者面前

证实他的祖籍

在仙界度过的一日是凡间的一百年。

2018-4-7

# 蝉的鸣叫掀起大地的喧哗

蝉的家族撕心裂肺的鸣叫

覆盖一切嘈杂

并不搅乱披散着丝发的柳树

自然给予植物的浓淡

稀密，遮挡

在它底下或急或慢地走过的行人


阳光编织的炎热

无处不在

却无法穿透

层叠的树叶直射古运河的街道

水泥板、青石路


我的融入，并没有破坏

树枝漏下的碎银

河水泛着波光，收集岸边静止的

事物有了动漫的图像

鲤鱼游在水草丛里

惬意的神态，一如既往

迎接夏至的蝉的翼部掀起整座城市的喧哗！

2021-6-25

# 大象的去与留我没有话语权

大象的去与留我没有话语权

看身后的林子还没褪尽

生存的领地恕不在意逐渐缩小

还没让你冷到心底

冷到骨髓的崩溃，你的族群一路狂奔

踩坏农田，毁坏庄稼

损失惨重，可一路迎接你们的

是香蕉、苹果

还有热情洋溢的横幅"欢迎大象回家"

善于奔走的蹄子踏过的山川

河谷都是落脚的归宿

收住粗壮的大腿吧

减少大地的脚印

减少小草、柏油路的呻吟

减少你的幼崽跋山涉水的劳累

避免与大卡车碰撞

高压电流烧灼庞大的身躯

厚实的脂肪，过河的暗流和漩涡

卷走并吞噬你的孩子


自古你们对人类的友善及奉献

寻求享有的自然

给予你们的繁茂的森林

丰足的食物

寻求畅游的泽国还没幻灭


悲悯，是造物主给予自然生物

和谐共生共处，理解你

寻求自由和平等，肆意走出保护地域

怕不测、怕有伤害

相信人类对象群的迁徙

不会说与我无关

肯定让还给你平衡的生态

悦耳的鸟鸣，古老的

苍枝编织着阳光及丰泽的丛林。

2021－6－20—2023－7－27

# 体验你，我的祖国

祖国，今天是你 71 周岁的华诞之夜

在我收看央视国庆盛典直播之后

静驻窗前眺望满城的灯光，古城的霓虹屏幕

闪动描绘改革开放成就的灯光秀

手抚胸口无法平息起伏的心潮

只能用我赤诚的胸怀体验你

我的祖国，体验你的海域辽阔

藏起惊涛与骇浪

我是朵不安静的浪花

用轻盈和洁白点缀你的波澜壮阔


体验你，我的祖国，体验你的天空

蔚蓝，我是朵飘逸的白云

用矫健的身姿体验你

豁达的胸襟，恢弘的气度

体验你是深邃绵长的银河系

我是颗行星

在闪烁的星群惬意地穿梭


体验你，我的祖国

体验你是广袤的原始森林

我是棵不起眼的青松

在你的怀抱

努力长成苍翠和茂盛

体验你的草原

宽阔无边，我是片茂盛的植被

养育绵羊和牦牛

竭力渲染，你的大地五彩缤纷


体验你，我的祖国

体验你的长江奔流不息

体验你的黄河

波涛澎湃

体验你是东方腾飞的巨龙

是世界民族的

强者，是海外侨胞的坚强的后盾


体验你，我的祖国，体验你用甘甜的乳汁

哺育着十四亿的中华儿女

体验你的江河，布满我的脉搏

奔涌着你殷红的血液

体验你，我的祖国

体验你承载中华民族的命运


体验你，我的祖国

体验你有泰山的巍峨

昆仑的壮丽多姿，体验你的疆土无垠

文化瑰丽历史源远流长

体验你各民族和谐凝聚的历程

祖国，今晚在你 960 万平方温暖的胸怀

我以一个行吟诗人的名义

学习蜜蜂伏在一朵花里

用我的心灵体验你，伟大辉煌的祖国。

2020－9－10

# 钱塘江畔看今朝

看钱塘江不只看江还有千年古城

在我的肌肤领略秋意

袭来的那天，正值蔬果成熟

腹中尚留会餐后的佳酿

散发的热量便可抵御

江面徐来的寒气，包裹我融入

城市灯光闪烁的暗夜在江畔急走


忽略中秋月圆之日，钱塘江湾

引来的"天下第一潮"

奇观；忽略退潮后的江底

惊现成片的"大地之树"①

——"潮汐树"②，许多水鸟

---

① 大地之树：指水域滩涂在水流分支冲刷下形成的一种自然景观。

② 潮汐树：发育在潮滩上的一道道潮沟，是一种典型的沉积地貌。从天空俯瞰，一条条潮沟犹如生长在海滩上的参天大树，其主干朝向大海，枝杈朝向陆地，故被称为"潮汐树"。

在翻飞，迈着大步在浅水滩涂觅食

沿途占据视线的是平日江潮高涨
紧挨堤岸的水草
在游轮驶过时抗议似的摇头晃脑
搅乱它怀中
的鱼虾，我担忧水族部落的安眠
担忧江中的生物

在劫难逃，但我不敢停留
不敢无端地惹是生非阻止江边
撒网的捕鱼者，欣喜的收获
——网兜里活泼乱跳
肥美的虾兵蟹将
将成为人类舌尖上的味觉盛宴

我的脚步一路疾走
没有忽略放宽的路面新添的健身器械
没有忽略为亚运而建的大剧院

"杭州伞""金葵花"和"飞碟"① 的比赛场馆

轻盈地耸立在市区

挨近江畔而建的高楼大厦的

墙壁上，投影沿江景观和高端的生活画面

没有忽略暗夜下的公园

新铺设的草坪上，标志性的雕塑仍然矗立


没有忽略晴朗明净的夜空下

沿江两岸，日夜陪伴涛声的路灯

繁星似的守护着美丽安宁的城池

用一个"丰"字

贯通三个地铁站的"连堡丰城"②

地下 40 万平方米的"隐形城市"

连接车水马龙的地域

将要修建观望千年古城国际旅游的摩天轮

---

① "杭州伞""金葵花""飞碟"……这些奇特的名字，说的都是杭州
2023 年亚运会的比赛场馆。

② 沿着钱江东路的 4 个地铁站（御道站、五堡站、六堡站、七堡站），
40 万平方米范围的地下空间全部被打通。连通了五、六、七堡地区，
又形如"丰"字，所以这个地下城取名为"连堡丰城"。而串联起这
个"丰"的中间那一"竖"就是地铁 9 号线。

我迈开大步继续疾走

远处的堤坝上，音箱里跑出经典、动感的音符

召唤我，快赴没有预约的运动

与江畔广场舞者一起

陶醉在全民行动

迎亚运，万人肢体扭动在优雅愉悦的旋律中！

2022－10－25—2023－4－19

第六辑

# 数字火炬手

# 数字火炬手

数字人火炬手，遍体凝聚钢质

的熔岩，高举圣火

施展雄姿，踏着西子湖的波涛

跨着钱塘江的

浪潮，奔向奥体中心

凌空降落

十九柱火焰顷刻腾空点燃


"潮起亚细亚"，标新的乐曲

立异的气韵在杭城

上空浮动，随着烟花，随着灯光秀

演绎省城的繁荣

绚丽、自然与和谐

馆内，舞台上：演员或柔


或刚，飘逸的姿体

伴随悠扬的

乐曲，动人的旋律，演绎华夏

博大精深的元素

演绎唐诗宋词的风雅

空前盛典，迎接

亚洲四十五个国家的体育健儿


全世界关注的目光透过

屏幕，目睹

神州在东方崛起的体育

盛会，数字烟花

此起彼落，照耀

夜空，美丽的千年古城


在奥体中心闪耀着

舒放着，大国深厚的文化底蕴

流动的背景——

壮丽山河，铺展碧蓝清波

涌动的潮水，展示高科技数字

绿色亚运真实的

盛况，展示

第十九届杭州亚运会
开幕式炫人眼球惊艳世界

2023-10-8

# 亚运会的吉祥物

第十九届杭州亚运会拉开序幕
琼琼、宸宸、莲莲
三位吉祥如意的
同胞——
拥有高尚、富强的象征
拥有典雅竞技与博大的胸襟
在唐代诗人
白居易的《忆江南》孕育

取华夏国粹的精华
取文明古国的
创新发明与文化底蕴的积淀
缔造智慧的结晶
——让设计者
拥有畅想创造的灵感

琮琮，头顶的皇冠

是良渚遗址公园玉琮的象征

——始祖宇宙的观模型

中央穿孔的旋转心轴

接通天地的刹那

玉鸟飞翔，藏在时光的田野

闪烁远古金色的稻浪

玉鼓喧天昭示劳动的喜庆

丰收与富裕

是九域文明博大精深的标签


宸宸，在京杭大运河的腹部

畅游、疏浚

神州河道的交通

防御要塞，阅历大运河

沿岸的喧闹与繁华

演绎千年古国的潮汐

贯穿古今记忆

在拱宸桥边上岸

携取个"宸"字命名宸宸

莲莲，湖泊湿地的丽影

荷花廉洁的象征

高端突兀生态的纯净

美化；舒展着

优雅的身姿，它的根须扎在

淤泥，脱颖玉立

绽放的是高贵与轩昂


琼琼、宸宸和莲莲

亚运会的

三位联盟兄妹

——赋予中华和谐壮丽的象征

厚积华夏五千年的

文脉与文明

肩负世界文化遗产的传承重任

穿越时空，穿越历史烟云

在杭州第十九届亚运盛会诞生

2023－9－27

# 我们准备好了

高科技数字说："我们准备好了！"
我们用屏幕灯光
宣传
记录杭州
迎亚运，各行各业
筹备付出的点滴汗水

筑路工人说："我们准备好了！"
压路机走过的地方
大街小巷的坑洼
早已填平；省会城池的大小
角落、绿化带、花坛已砌好
河岸边、小区的铁栅围栏
修补更换完毕
园丁栽好花草和树木美化
城市，焕然一新

城管环卫工人说："迎亚运

我们准备好了！"

迎着东方第一束晨光

用手中的扫帚

把城市打扫得一尘不染


穿红色背心、佩戴红袖章的

志愿者说："我们准备好了！"

城市的大街小巷

十字路口

都有小红帽的身影

迎亚运，我们准备好了

守护你的出行，守护参赛者

获得荣耀走上领奖台


地铁、街角、公园的吉祥物

——宸宸、琮琮和莲莲

挥着双手跨着

雍容大国的风范

告知世人：

"我们准备好了

迎亚运，杭州欢迎你！"

平安亚运保驾护航的
浙江警察说："第十九届杭州亚运会
家门口的盛会：为来自
亚洲的体育健儿
为守护国门，为美丽的浙江
站岗；保驾护航
我们全体公安民警已经准备好了！"

2023-9-25

# 一朵独立行走的云

我在纯蓝的天空
虚拟一朵独立行走的云
来时看一眼
风景，去时不带零星碎片

别看我变化莫测的
身姿，轻得如一根纤细的蚕丝
却有致力于天空的
本质，凝聚、分解、来无影
去无踪
托起雨夹雪的厚重

如果我想
停留，风会鞭策
我上路
如果，我想回头张望
就会变成

另一种自我的状态

请不必担忧
窗口，我会遮住你的阳光
看那片绿茵
绿得多么
妖娆，鸟儿的叫声多么欢畅

我只是看一眼风景，还是一朵
高冷，潇洒，独立行走的云

2023-10-3

# 一棵树的五种述说（组诗）

## 1. 一棵在风中奔走的树

风，奔走相告的方向
一棵树，无法静止
满树的籽粒，顺着风

顺着循环释放的
效应
满湖的荷花
阐释了
万物相链的法则

2023−10−30

## 2. 一棵孤立的树

一棵孤立的
树，在这片林子里

从不出乎

意料，高过绿荫


历经风雨的

洗礼，阳光的温度

昂着头颅

那一刻，白云顺手

打个呼哨

曙光出让一片光芒

2023－10－29

## 3．一棵树矗立旷野

极目远处，白云相接

万顷倾斜的颜色

遮掩不住

秋，确定时令的希翼


一棵树，矗立旷野

和大地步调

一致地

披上了同一色彩


谁也不必在意缤纷

潇落的述怀

天与地

与初衷的契合

请别说，是果实

拉开的距离

2023-10-29


## 4. 一棵树的风景线


秋的深度

不在落叶，不在果实

不必扪心想着

不着边际的

事情，森林的拂动

落叶飘窗


旷野，毫无遮挡的视线

植被金黄平铺

泥土，完全有了深意

一棵树的孤立，成就一座山

接一座山的风景

2023-10-28

## 5. 把自己站成一棵树

把自己站成一棵树

没什么不好的

秋风中

叶子的萧瑟飘落


给大地增添来年

昂扬旺盛

的生机，植被没忘

枝头，就有年

复一年滋生的新绿

2023-10-29

后记

# 一首诗歌的诞生

## ——落水的小象让我找到诗歌的灵感

云南西双版纳的大象集体北迁，这个新闻轰动全球，牵动全世界的关注的目光。这一路，有专家用无人机跟踪、记录它们的一举一动，并作详细的报道。

有人指出：大象迁徙的主要原因是生态问题。动物生存的热带雨林被毁，当地人为了经济利益，种上橡胶树，种上茶叶，大象的食物严重缺少，曾经因与毁林的人发生冲突，一只大象被打死了，大象为了生存集体迁徙。它们的迁徙，导致人类的新闻、言论满天飞，这么热闹的事件怎会缺少诗歌？全国各大诗歌论坛，发起同题诗大赛，以大象北迁为主题的诗歌纷纷出炉。

怎样写好同题诗呢？首先要考虑的是：同题诗的魅力在于诗人的创作——写法要独到不能雷同，就像摄影师寻找合适的角度，摄取更美的画面，这样的切入点就独特，别具一格，能挖掘到清新的诗意。这个诗歌论坛高手如云。

群主出题一天后，论坛里的诗友纷纷贴出作品。北迁的象群还没找到落脚的森林，出走的行踪一直在变化着，犹如我的诗歌还没找到切入口——写作的灵感。本来想放弃了，直到截稿日期的最后一天，有人发了高空俯瞰象群迁徙的视频：萌萌的小象紧跟象群，跑前跑后，活泼可爱。过河时却不慎跌入急流，象妈妈奋力勇救，用它的长鼻子一次又一次、不厌其烦地把小象从深水的旋涡里推上岸，过程惊心动魄，温馨感人。

　　这个视频触动了我的敏感的细胞，引发了我作为一名女性的强烈的护犊心理，对弱势群体的挣扎、无奈满怀同情。怕它们的前程危机四伏、陷阱密布。为了象崽儿的安全，多希望大象能听懂人类的话，停止迁徙。怕象群的一路奔波，让那些不法之徒有机可乘，受到枪弹麻药的伤害。（还好象群迁徙，已引起有关部门的关注，应该是安全的。）

　　于是有了灵感，诗歌一挥而就。可写出来的诗歌，虽意犹未尽，却有点幼稚，但还是硬着头皮发了。事隔十几天之后，再看自己的作品，深感惭愧和懊恼，忍不住动手修改，成了以下这首诗的样子。我不敢自圆其说，请诗友教正！附上诗歌《大象的去与留我没有话语权》。

晨晖

2021-7-25

# 大象的去与留我没有话语权

大象的去与留我没有话语权

看身后的林子还没褪尽

生存的领地恕不在意逐渐缩小

还没让你冷到心底

冷到骨髓的崩溃，你的族群一路狂奔

踩坏农田，毁坏庄稼

损失惨重，可一路迎接你们的

是香蕉、苹果

还有热情洋溢的横幅"欢迎大象回家"


善于奔走的蹄子踏过的山川

河谷都是落脚的归宿

收住粗壮的大腿吧

减少大地的脚印

减少小草、柏油路的呻吟

减少你的幼崽跋山涉水的劳累

避免与大卡车碰撞

高压电流烧灼庞大的身躯

厚实的脂肪，过河的暗流和漩涡

卷走并吞噬你的孩子


自古你们对人类的友善及奉献

寻求享有的自然

给予你们的繁茂的森林

丰足的食物

寻求畅游的泽国还没幻灭


悲悯，是造物主给予自然生物

和谐共生共处，理解你

寻求自由和平等，肆意走出保护地域

怕不测、怕有伤害

相信人类对象群的迁徙

不会说与我无关

肯定让还给你平衡的生态

悦耳的鸟鸣，古老的

苍枝编织着阳光及丰泽的丛林。

2021-6-20—2023-7-27

# 后记

当整理完诗集准备付梓出版之前，我思绪万千，做了大量的增删、修改，有些诗歌甚至等于重新写了一首，当然，诗境比原来的会更透彻、更丰满，让读者有耳目一新的感觉。面对重新整理过的诗集，突感有许多话想说，想告诉读者朋友，我写每首诗时的点滴、思路——这是我出版的第四本诗集，离第三本诗集出版的时间相隔有点久。在疫情没发生之前就有出书的念头，因为各种原因一直搁着。疫情后期，因与家人同时隔离在家，为了打发时间便开始在各大诗刊、网络平台，寻找自己参赛过的诗歌。

历经一个多月，整理出两百多首诗，再经过精挑细选留下了一百多首。在整理的过程中，回顾一首首诗的诞生，是一种愉悦的、散漫的心路历程；一次次地把自己从平庸、繁琐、孤寂、疼痛和挣扎中释放出来，与自我和解，凝聚对生活、对自然的一种动力，一种神往，一种寄托和希冀！

下定决心要在杭州定居后，忙碌的背影就像一枚陀螺被生活的绳索抽着行走。哪怕是芝麻蒜皮的小事，都会把一天的计划扯得支离破碎，根本找不到整块的时间，坐在固定的地方写作，只好在路上边走边写。匆匆行走时，脑子却在自己的思维空间，创设一个个情境，虚拟一个个故事，脑海里的诗句源源不断地冒出来，哪怕是一个句子，一个词语，一个字，尽量做到恰到好处，把它安放正在构思的诗歌行列，日积月累，一首首诗歌就这样诞生了。说是行吟诗歌并不为过。

我曾写过《千古奇想》这首诗，并且写了一篇随笔，一同收入《雅士诗文》集。回想这本诗集中的每首诗的写作过程，就像这篇随笔所写到的经历：每天天刚蒙蒙亮便醒来，随着逐渐喧闹的车水马龙出门，直到暮色渐渐降临，到满城忽明忽暗的灯光——收走闹市的喧哗、收走街上清晰的画面。一天至少两三趟，在清幽的古运河畔行走，看着微波荡漾的运河水，呼吸着堤坝上、林荫下的新鲜空气，暂且忘却生活中点滴琐碎和平庸，浮躁的心情随之变得宁静和愉悦。

也许是出生在水乡，从小看惯纵横交错的河道，听惯潺潺流水的声音，看着河面漂移着的各种事物，特别有动感，总觉得水是有生命的，看着它一刻不停地流动，使自己浑身充满激情。每天从运河边经过，总是有意无意地放慢脚步，欣赏从小就习惯的水流；习惯了顺水漂去的树枝、破旧的玩具，再看运河水的颜色，倒映着天空及两岸的树木房屋；欣赏着各种轮船轰鸣着在运河里快速行驶，引起河水不断的起伏，形成巨大的浪涛冲向堤岸又退回河里，搅荡着垂在堤岸边、浸泡在水里的树枝和水草。

水波太大时，会吓跑藏在水草丛间觅食的鱼虾，惊动栖息在枝头的水鸟，让它无法屏息凝视，河里钻出水面的猎物。水鸟扇动着黑白分明的羽翅，在水面滑翔了一小段距离，再扇动着翅膀，保持身体的平衡，又停在伸向河面的另个枝头，等待下一批猎物。这运河里的每个小小的事物，总会让我小小地激动，还有堤岸边的垂钓者，时常吸引我驻足观望，他水桶里的收获。

有时在运河畔走着、走着，不知不觉会走到旧城区、历史街、文物保护区域，走过碑文、老街旧坊；走进四合院，走进文化遗产、历史博物馆，看着一幅幅框架里放大的黑白照片，历史人物、农耕时期的生产用具、庭院里的石墩、石磨、拴马桩、洗脸盆、喂猪槽，屋里的家具摆设，仿佛走进古人，恍然觉得这地域曾经在书籍里看过，或在梦里来过，不觉浮想联翩。当然，我耗费的只是多少个亿分之一的冰山一角之力，完成了《千古奇想》这首诗，我还需要几个世间的轮回，才可以读懂这座千年古城啊！（附诗）


## 千古奇想


走进博物馆，我想把杭城缩小

高楼大厦覆盖的地域成为历史的黑白照片

让我隐身画框，这是哪世的女子啊？

身着旗袍，戴着蕾丝帽

飘逸着现代丝绸改良的高雅


精致的亚洲面孔透着哪世

欧式的迷恋，眼含羞涩借用我的脚步

探索豪宅不复昔颜的典故

追怀先贤百年的寂寥、曾经的叱咤风云

及风流韵事，寻找遗留千古的文明


静物移向动物，移向大运河

来往船只拉响的短笛，划乱千年水波

哪位观望者是我前世的目光？

看着隋炀帝的戏班船、乾隆巡游的御船

给古运河记下辉煌的一笔


在她舒坦的眼神中满怀我的奇思妙想

缩小城市华丽的外表，无法把它看个透彻

退出想象，转身走出博物馆

在湖畔荫堤隔着雨丝让我体悟

浓缩一帘烟雨的江南深厚文化的古风韵味

这本诗集所写的事物，并不都是写杭州这座千年古城，还写了全国各地的名胜古迹，都是参加全国诗歌竞赛领奖时所到过的地方，回来后就有许多感想，便用诗歌的形式表达出来，有时想写一篇随笔，就到自己所写的诗歌里寻找灵感。这篇随笔基本概括我这几年的写作情况。在写作的过程中不知不觉地卸下了心中不悦的块垒。当然，我不仅在写诗，还在写小说，写童话故事。请对我的小说、童话故事有兴趣的文朋诗友拭目以待吧！

晨晖

2023-4-3 于杭州

**图书在版编目（CIP）数据**

城市的风是屋顶的过客/晨晖著.--海口：南方
出版社，2024.3
ISBN 978-7-5501-8861-7

Ⅰ.①城… Ⅱ.①晨… Ⅲ.①诗集－中国－当代
Ⅳ.①I227

中国国家版本馆 CIP 数据核字（2024）第 040725 号


# 城市的风是屋顶的过客
CHENGSHI DE FENG SHI WUDING DE GUOKE

晨　晖　著

| | |
|---|---|
| **责任编辑** | 高　皓 |
| **特约编辑** | 王美元 |
| **装帧设计** | WONDERLAND Book design<br>仙境 QQ:344581934 |
| **出版发行** | 南方出版社 |
| **地　　址** | 海南省海口市和平大道 70 号 |
| **邮　　编** | 570208 |
| **电　　话** | 0898-66160822 |
| **传　　真** | 0898-66160830 |
| **经　　销** | 全国新华书店 |
| **印　　刷** | 三河市双升印务有限公司 |
| **版　　次** | 2024 年 3 月第 1 版 |
| **印　　次** | 2024 年 3 月第 1 次印刷 |
| **开　　本** | 787mm×1092mm　1/32 |
| **印　　张** | 8.5 |
| **字　　数** | 166 千字 |
| **定　　价** | 79.00 元 |